陰《か》からマモル！

阿智太郎
イラスト／まだらさい

目次

陰からマモル！

阿智太郎

MF文庫J

カバー・口絵・本文イラスト●まだらさい
編集●土方　隆

むかしむかしの戦国時代、ある所にこんにゃくが大好きってお殿様がいた。
ある日、そのお殿様は突然思い立った。
このおいしいこんにゃくを、なんとしてでも次の世に残したい！
そこで、一人の忍者を呼びだしこう言った。
『こんにゃく作りの名人の家系を陰からこっそり守るのじゃ！』
戦国時代において、主君の命令は絶対だった。
忍者は、名人の隣に暮らし、陰からこっそりと守り始めた。
それから数百年の時が流れた現代。
やっぱり今でも守り続けているのであった。（しょ〜〜もないことに）

第①話　まもり続けて四百年

1

朝が来た。

「行ってきま〰〰〰す」

って声を響かせて、セーラー服の少女は家を飛び出した。

彼女の名前は、ゆうな。名字はちょっと変わってて、紺若《こんにゃく》って言う。東京都小鐘井《こかねい》市《し》舞《まい》原町《はらちょう》の五丁目に住む花の女子こ〰〰せ〰〰だ。ただいま売り出し中の16歳だ。

なかなか可愛《かわい》いらしい女の子だ。ほっぺたはふっくらしてるし、目はくるんとしてるし、耳たぶはプルンとしてるし。頭だって悪くない。成績は学年でもトップクラスだ。

だけど、けっこうポケポケな所があったりもする。止《と》まってる電柱にぶつかったり、何もないのに転んだりするのが大得意だ。

もっとも本人いわく、『何もないのに転んだんじゃないわ。ちゃんと右足が左足にからまっちゃったの！』とのことだけど、それだってなかなか出来ることじゃない。

よくこれまで大怪我《けが》しないでやってこられたねって両親や親戚《しんせき》から感心されてる女の子なのだ。

それはさておき、家を飛び出したゆうなはぱたぱたと走り出した。

学校へ向かうのかと思いきやその矛先《ほこさき》を隣へと向ける。いわゆるお隣さん家《ち》って奴《やつ》だ。

ゆうなはそこの扉をこんこんってノックした。

「ま〰も〰君」

返事はなかった。

ゆうなはもう一度ノックする。今度はもう少しだけ強く。

「ま〰〰も〰〰君」

しばらくしてから、扉が開いた。

「ふわ〰〰〰〰〰」

学生服の若者が、欠伸《あくび》しながらのっそりと顔を出した。

「おはよ、ゆーな」

若者の名前は陰守《かげもり》マモル。ゆうなと同じ16歳。ルックスダメ！　勉強ダメ！　運動ダメ！　のダメダメ三銃士の高校生だ。

でっかなグルグルメガネで顔の半分が隠れてるから、ルックスについてはまだ未知数な所はある。

だけど、ボサボサの髪の毛とか、着崩れた学生服と言ったマイナス要因が山のようにあるから、トータルすればやっぱりダメだ。

ゆうなとマモルは幼稚園に入る前からの付き合いだ。いわゆる幼なじみって奴なのだ。

「も〜〜〜、今日から高校二年生だってのに、もっとシャキっとしなくちゃ駄目だよ。シャキっとしなくちゃ。ねえ、シャキっとしてよ」

「あ？」

「シャキっとしてみせてよ」

ゆうなに言われて、マモルは仕方なくシャキっとした。

だけどすぐに、へろへろになった。

炎天下のバターだって、もう少しがんばるはずだ。

「まいっか。こっちの方がまも君らしいし」

ゆうなはため息混じりにそう言うと、マモルに笑顔を向けた。

「さ、早く学校行こ。クラス分け見なくちゃいけないんだからさ」

「そーいや、そうだったな」

「また一緒になれるといいね」

「別にい〜〜よ。どっちだって」

パカパカ欠伸《あくび》しながら、マモルは呟《つぶや》いた。

二人の通う、『浅間山《せんげんやま》学園高校』は、よくある私立の高校だ。

入学金や学費もそれほど高くなく、校則だって厳しくない。

ただ、一つだけ変わっている所がある。

毎年、クラス替えがあるのだ。

『出会いが大事！』

ってのが学園方針なため、このようなことになってるのだ。交換留学や帰国子女の受け入れだって積極的にやってる。

ちなみに、クラス分けは、学園長であられる浅間山源三郎《げんざぶろう》様が、春休み中に行っている。大きな箱の中に生徒一人一人の名前を書いた木札を入れ、目隠《めかく》しした状態でそれを一つ一つ槍《やり》で突き刺して決めているのだ。（バカ）

三十分程《ほど》かけて、ゆうなとマモルが学校に到着すると、屋外掲示板には人だかりが出来てた。新クラスの組分けが張られてるのだ。

「行こ、まも君」

二人は人だかりの後ろへとやって来た。

「まも君は、A組から見てってよ。わたしはJ組から見てくから。どっちかの名前があったら教えてね」

二人は、それぞれの方向に目を向けた。

たった三秒で、マモルが口を開いた。

「あったぞ」

「え？　どっちの名前？」

マモルはその質問には答えずA組の張紙を指さした。

紺若　ゆうな　　陰守　マモル

「やったよ。また同じクラスだよ！」

ゆうなが華やいだ声を上げた。

その場でピョンピョコ飛び跳ねる。すごい喜びようだ。

「すごいよ。幼稚園の頃《ころ》からずっと一緒だから……」

ひーふーみーよーってゆうなは指折り数えた。

両手を使って答えを出したゆうなは、はじけるよーな笑顔をマモルに向けた。

「13年も連続同じクラスだってことだよ」

「そうだな」

「きっとこれが腐れ縁って奴《やつ》なんだろーね」

屈託なく笑うゆうなに、マモルはぼそっと囁《ささや》いた。

「単純で助かるよ」

「な〰〰に？」

ゆうながマモルの顔を覗《のぞ》き込む。

「いや、何でもない。ちょっと独り言」

マモルがそう呟《つぶや》いた直後だった。

「危ないぞ〰〰〰〰〰〰!!」

ってな声が上がった。ついでぶるるるるるんってエンジン音も聞こえる。

一台のラジコン飛行機が、ひとだかりめがけて突っ込んでくる所だった。

完全にアウトオブコントロールしてた。

人だかりは、蜘蛛《くも》の子を散らすように散らばった。

「ちっくしょ〰〰〰、コントロールが全然きかないぃぃぃ」

白衣を着た集団がやって来た。その中の一人がコントローラーをがっちゃがっちゃしてる。電子工学部の部員達だ。

「周波数が問題じゃないですか？」

「違うよ、きっと劣化した配線が」

「何言ってんだよ。どう見たってあれは携帯の電波による混乱現象で」

「ごちゃごちゃ言ってないでなんとかしろぉ」

生徒達の鋭いつっこみが入ったけど、そんなもんじゃどうにもならなかった。

急上昇したラジコン飛行機は空中で大きく円を描くと、そのままぶいいいいいんって音をたてて落下して来る。

その先には、ゆうながいた。

「逃げるんだああ」

誰《だれ》かが叫んだけど、ゆうなは動かなかった。

足がすくんでしまったのだ。

恐《こわ》くて、思わずゆうなが目を閉じた次の瞬間だった。

ラジコン飛行機が急にそのエンジン音を止《と》めた。

失速して落っこちてくると、地面にぐしゃって叩《たた》き付けられスクラップになった。

アンゴルモアが通り過ぎたような沈黙の後、電子工学部長がもっともらしく呟《つぶや》いた。

「どうやら非常停止装置が作動したようだな」

残りの部員達もうんうんと頷《うなず》いた。

「いや〰〰〰、こんなこともあろうかと組み込んでおいて良かったですね」

「大嘘《うそ》だろ！」

電子工学部員達が袋叩きにあってる中、ゆうなは恐る恐る目を開けた。

「あれ？　ど〰〰〰なっちゃったんだろ」

目をぱちくりさせてるゆうなに、声がかかる。

「大丈夫か？　ゆーな」

「うん、大丈夫だけど……まも君。そんなとこで何してるの？」

近くの茂みから頭を突き出してるマモルに、ゆうなは尋ねた。

「え？　ここならラジコン飛んで来ないかなって思って隠れてたんだ」

「そっか、それなら見てなかったね。何があったんだろ？」

ゆうなはしばし考え込んだけど、すぐににぱって笑った。

「ま、いっか。怪我《けが》もしなかったんだし」

細かいことには気にしない性格の女の子なのだ。

「それじゃ教室に行こ。まも君」

「いや〰〰、ひどい目にあった」

いいだけ袋叩《だた》きにあった電子工学部員達が、スクラップを回収する。

「しかし、何で突然壊れたんだろーな？」

「きっとあれだ。エンジントラブルによる摩擦熱で」

「いいや、きっと冷却ファンがオーバーフロートして」

またあ〜だこ〜だが始まった。

そんな中、一人の部員がスクラップから何かを引き抜いた。

「これ何だろ？」

それは、奇妙な物体だった。黒っぽくて菱形で、柄《つか》がついてる金属。

もし電子工学部員の中に、時代劇まにあ〜ながいたならば間違いなく叫んだだろう。

『こ、これは、投げ苦無《くない》！』

だけど、残念ながら時代劇まにあ〜なはいなかった。

そりゃそうだ。時代劇まにあ〜なだったら時代劇部に入ってる。電子工学まにあ〜なだから電子工学部に入ってるのだ。

「分かったぞ！」

少ない電子工学関係外の知識の中から、彼らは一つの物を拾い上げた。

「こりゃテントはる時に地面に突き刺すくさびだな」

「そ〜〜だ、それだ。テントのロープをここにくくりつけるんだ」

だけど、大きな謎《なぞ》も残った。

何でこんなものがラジコン飛行機のスクラップの中から発見されるのか？

電子工学部長は言った。

「誰《だれ》だ？　こんな部品を組み込んだ奴《やつ》は」

2

なんだかんだで一日が終わった。

初日ってこともあって、授業も三時間で終わりだった。

「やっぱり二年生の勉強って大変そうだよね」

教科書をしまいながら、ゆうなが口を開く。

「ね、まも君」

隣に目を向けると、マモルはぐーすか居眠りをしてた。

「二年生になっても、まも君は変わらないね」

くすって笑ってから、ゆうなはマモルを揺《ゆ》り起こした。

「居眠りしてちゃテストが大変だよ。あとでノート貸してあげるからちゃんと写しとくんだよ」

「別にい〜よ、そんなの」

「ダメだって。ちゃんとやんなくちゃ」

「いいんだってば。別に成績悪くたって」

「ダメだよ。落第とかしたら大変だよ。わたしだけ三年生になるのなんてやだよ。だから……」

「センチメンタルアルタイルよ！」

突然二人の間に割り込んで来て、そんなこと叫ぶ奴《やつ》がいた。

「あ、愛里《あいり》」

ゆうなは顔を綻《ほころ》ばせた。

その隣で、マモルは顔をしかめた。

ナマコを頭に乗っけられたような顔だった。

「も〜〜〜、びっくりさせないでよ」

「ごめんごめん。ゆうなが帰っちゃう前にってすっ飛んで来ちゃった。休み時間ちょっと忙しくて遊びに来られなかったから」

って笑ってるのは、沢菓《さわがし》愛里。人呼んで歩く放送衛星。人の迷惑顧《めいわくかえり》みずどんなとこにも首を突っ込み、さらには全方位放送しちゃうっていう傍《はた》迷惑な奴だ。

ゆうなとマモルとは中学からの付き合いだ。もっとも、クラスが一緒だったのは中一の時だけだったけど。

「とにかく、センチメンタルアルタイルなのよ」

愛里はまた意味の分からないことを言ってた。

そのまま放置するとあとで化けて出てきそうだ。

ゆうなが素直に尋ねた。

「何？　そのセンチメンタルアルタイルって」

「よくぞ聞いてくれたわ。アルタイルってのは牡牛座《おうしざ》の星なの。つまりひこ星のことね」

「七夕？」

「そ、遠く離れ離れになってしまった織姫とひこ星は一年に一度しか会えない。まるで今の愛里とゆうなのことだと思わない？　一緒のクラスになれないばかりかこんなにも離れてしまうなんて」

「そっか、愛里ってJ組だよね。前より遠くなっちゃったね」

「そうよ！　A組とJ組よ！」

愛里は怒りの拳《こぶし》をだんと近くの机の上に叩《たた》き付けた。

「AとJって言ったら校舎の端と端よ。愛里とゆうなを引き離そうという第三者の意図を感じるわ」

「沢菓とゆーなを引き離そうとしてるんじゃなくって、第三者が沢菓と離れたかったんじゃないのかな？」

「何か言った？　アホル」

「いいや、何でもないよ」

突っ込まれる敵意の視線に、マモルは軽く肩をすくめた。

「で、愛里《あいり》。何か用事があったんじゃないの？」

「そーそー、そうなのよ」

切り替えも早く、愛里はゆうなに顔を近づけた。

「せっかく学校も早く終わったんだし。これからボウリングに行かない？」

「ボウリングかぁ」

「ね、いいでしょ。二年生になっても仲良くがんばりましょって意味も込めてさ」

少し考えてから、ゆうなはこっくり頷《うなず》いた。

「うん、行く！」

それから、笑顔をマモルに向けた。

「まも君も一緒に行くよね」

「………まあ、ちょっとくらいなら」

「な〜〜んだ。アホルも来んの。せっかくゆうなと二人で友情を深めようと思ってたのに。

余計なおじゃま虫ね」

「ちょっと愛里」

「あ、冗談だって冗談」

ゆうながちょっと恐《こわ》い顔したから、愛里はただでさえ細い目をさらに細くして両手を振

った。

「ボウリングなんだから三人くらいいないと張り合いになんないわよね。そうと決まれば
さっそく出発よ。ちょっと待っててね、教室行って鞄《かばん》取って来るから」

教室を飛び出していく愛里《あいり》を見送って、ゆうなが口を開く。

「二年になっても、愛里の元気はちっとも変わらないね」

「むしろパワーアップしてると思うぞ」

マモルの言う通りパワーアップしてたようだ。

すぐに、鞄を持った愛里が教室に飛び込んで来た。

校舎の端から端まで往復したとは思えない程《ほど》の素早さだ。

「お待たせ、ゆうな。行くわよ」

「あ〰〰〰、待って〰〰〰」

あたふたと鞄を持ち上げ、ゆうなが扉へと向かう。

マモルは口の中で呟《つぶや》いた。

「AとJでも近すぎたかもな」

「ほら、アホルも早くしなさいよ。何どんくさいことしてんのよ。置いてくわよ」

「まも君。早く」

二人に声をかけられ、マモルはやれやれって首を振った。

「はいはい、今行くよ」

ずっしりと重い鞄を持ち上げた。

3

「うんしょっと」

ゆうながボウリングの玉を抱えた。そのまんまとことこレーンまで歩く。

プロボウラーがいたら思わず飛び蹴《げ》りをくらわせたくなるような独創的なフォームで、ゆうなはボールを転がした。（どっちかって言うと投げた）

「すごい、パーフェクトだわ」

ベンチの愛里が、感嘆の声を上げた。

「やろうったって出来ないよな」

Gが並ぶスコアボードを見て、マモルは言った。

「全部ガーターを出すなんて」

「あう〰〰〰」

ゆうなは口を寝転がったひょうたん形に曲げて戻って来た。

「ど〰〰やっても玉が溝に落っこちちゃうの。ど～してなんだろ？」

「ゆうなのフォームがいけないのよ。あれじゃボールが変に曲がっちゃうわ。いい、こうやってボールを持ったら」

ボウリングレクチャーを受けてるゆうなを見つめながら、マモルは思った。

こんなスコアが出せるのは悪いフォームのせいなんかじゃないはずだ。

何が悪いかって言えばただ一つ。

それは、星だ。

いわゆる、不運や厄介事《やっかいごと》を巻き起こす星の下に、ゆうなは生まれてしまってるのだ。

「不運体質とでも言うのかな?」

マモルがそんなこと口にした頃《ころ》、とりあえずのレクチャーは終了したようだ。

「よし、それじゃ第二ゲームやろ。今度はスコアで勝負よ。一番負けた奴《やつ》が罰ゲームね」

「え〰〰〰、そんなの止《や》めようよ。誰《だれ》が勝ったって負けたっていいじゃない」

不満のオモチャ箱をひっくり返すゆうなに、愛里《あいり》は強く言った。

「そんな甘ったるいこと言ってたらボウリングに申し訳がないわ。なんてったってボウリングってのはたくさんの犠牲の上になりたっているスポーツなんだから」

「犠牲?」

「そうよ。ボウリングってのは古代ギリシャで誕生したスポーツなんだけど当時はピンの代わりに人間を使ってたの。人間を並べてそこに巨大な鉄の玉を転がして何人潰《つぶ》れたかを競う。どう?　命かかってるでしょ」

アホみたいな話だ。小学生だって鼻で笑っちゃうとこだろう。

だけど、とことん純粋なゆうなは３００パーセント信じ込んだ。

「うわ〰〰、ボウリングってそんな恐《こわ》いスポーツだったんだ。知らなかったな」

マモルは頭痛を覚えた。

なんてことはない。ゆうなの天然に当てられたのだ。

別にほっといても良かったんだけど、このことを他《ほか》で話して馬鹿《ばか》に思われると気の毒だから、教えてあげることにした。

「ゆーな。それって全部作り話だぞ」

「え！　そうなの？」

ものすごくびっくりした顔だった。

こ〰〰ゆ〰〰人を疑うってことを知らない純粋さを、マモルはすごいと思うし感心もしてる。

一体何を食べてればこんなまっさらな心の持ち主になれるんだろうな？

少し考えたけど、それらしい食べ物は思い浮かばなかった。

思い浮かんだのは、ゆうなの言葉だけだ。

『わたし、一番好きな食べ物はかまぼこなの。それも赤い奴じゃなくて白い奴。かまぼこ一切れでご飯を二杯は食べる自信があるの』

「白いかまぼこねぇ」

マモルが苦笑《にがわら》いしてる中、愛里が拳《こぶし》を固めて言った。

「とにかく、せっかくスコアが出るんだから勝負しなくちゃ面白くないじゃない。そだ、罰ゲームはこうしよ。一番トップの人が、最下位の人に何でも命令出来るの。大丈夫。ゆうなにはちゃんとハンデつけるから。えっと、ハンデ70ぐらいでいいんじゃない。愛里《あいり》もアホルもスコア100ちょいぐらいだからいい勝負になるわ」

「まも君。どうする？」

ゆうなが、マモルのメガネを覗《のぞ》き込む。

「い〰〰んじゃないの」

「よし！　決まり！　じゃ、ちょっと待っててね。愛理トイレ行って来るから。帰ってきたらスタートね」

愛里が、トイレに向かって走って行く。

「えっと、おさらいしなくちゃね……」

ゆうなは、真剣な顔つきで踊り始めた。

それが、ボウリングのフォームの練習をしてるんだって気がついたマモルは、たった一言、呟《つぶや》いた。

「勝負は見えたな」

「ふ〰〰〰〰〰」

しっかりと踊ったゆうなが、大きく息を吐き出した。

「喉《のど》が渇いちゃったな。わたし、ジュース買ってこよっと」

「僕が行こ〜か？」

「ううんいいよ。わたしが行くから。まも君はいつもと同じメロンソーダでしょ。じゃね」

財布片手に、自動販売機へと向かうゆうな。

そこの自動販売機は、紙コップにジュースが注《そそ》がれるタイプだった。

「あ〰〰いったタイプだと少し恐《こわ》いとこがあるんだよね。ひっくり返しそうで」

だけど、いくら何でもそりゃあないだろって思い直し、マモルはディスプレイにメガネを向けた。

ゲーム継続のボタンを押し、白紙のスコアが現れた時だった。

「何すんだよ！」

少しばかし物騒《ぶっそう》な声が、マモルの鼓膜《こまく》を揺《ゆ》さぶった。

「ごめんなさいごめんなさいごめんなさい」

続いて聞こえてくるのは、ゆうなの声だったりする。

振り返ると、やっぱりトラブってた。

見るからにヤンキーっぽい兄ちゃん達に囲まれてた。

「ど〰〰してくれんだよこの服、高かったんだぜ！」

ヤンキー達が息まいてた。

「…………」

マモルは、頭に石臼《いしうす》を乗っけられたような表情を浮かべた。

「ど〰〰してくれるんだよこのシミ！」

「すみませんすみませんすみません。ちゃんとクリーニング代は払います。ごめんなさいごめんなさいごめんなさい」

ぺこぺこ謝るゆうなを、ヤンキー達はへらへら笑いながら見てた。

「よ〰〰し、それなら払ってもらおうじゃないか。30万」

「ええ！」

ゆうなは思い切り驚いてから、おずおずと尋ねた。

「あの、どんなすごいクリーニングをするんですか？」

「違うよ。このジーパンはビンテージの一級品なんだ。こんな風に汚されちゃもう台無しなんだよ。だから弁償しろって言ってんだ」

「そんな、30万なんて」

「何だよ。それじゃどうするつもりなんだよ」

「それは………」

泣きそうな顔になってるゆうなだけど、てくてくやって来たマモルに、顔がぱっと明るくなった。

「まも君！」

「あの、少し落ち着いて話し合……」

「メガネは引っこんでろ」

マモルはあっさりと突き飛ばされ倒れた。マッチ棒だってもう少し踏ん張るだろう。

「さ、ど〜〜すんだ？」

またまたゆうなが追いつめられた、その時だ。

「ちょっとあんたら！」

愛里《あいり》が飛び込んで来た。ヤンキー達の前に立ちはだかるとぐいっと睨《にら》み付ける。

「ゆうなに何してんのよ！」

「こいつが俺《おれ》のビンテージのジーパンにジュースぶっかけやがったんだよ」

「は？　何がビンテージよ。そんなのウニクロとかで売ってる安物じゃない。もしそれを本当にビンテージだと思ってるなら、あんたの脳味噌《みそ》がビンテージよ！」

「何だと！」

「ゆうなが何も知らないと思ってからかってたんでしょ。ふざけたことしてんじゃないわよ」

「くっ……」

「それとも、これから町のジーパン屋にでも行って鑑定してもらう？　そのエセビンテージの価値がどれぐらいあんのか」

ヤジな馬達が集まってくる。警察呼んだ方がいいんじゃないかなんて声が囁《ささや》かれる。

「……覚えてろよ。後でまた来るからな！」

ヤンキー達は愛里を睨み付けると、足早に去って行った。

「フン、あっかんべ〰〰〰だ」

国宝級のあっかんべーをかましてから、ゆうなに顔を向けた。

「大丈夫？」

「わたしは大丈夫、だけどまも君が」

「アホル……ね」

愛里《あいり》は、だらしなく床に尻餅《しりもち》ついてるマモルに目を向けた。

「ほんっっっっっとに情けないわね。あんたって」

もういいだろってくらい溜《た》めに溜めて、愛里は吐き出した。

「違うよ。まも君は情けなくなんかないよ。ちゃんとわたしが困ってるのを見て来てくれたんだもん」

天使のような心を持つゆうなが、マモルに手をさしのべた。

「大丈夫？」

「ああ、ただちょっと尻がじんじんするだけ。いつつ。ぢになんなきゃいいけど」

「そんなことぐらいじゃぢになんかなんないわよ。ボウリングのピンでも突っ込めば話は変わるけど」

とことん容赦なく、愛里が突っ込んだ。

「さ、それじゃ2ゲーム目始めよ」

「ねぇ愛里。また来るって言ってたよね、あの人達。やっぱクリーニング代払った方がいいのかな?」

「あんなろくでなし共にお金なんか払わなくたっていいわよ。それにもし来たって愛里が追い払ってやるから。どっかのアホな奴《やつ》と違って強いんだから」

にっかりと、愛里は笑った。

「さ、スコア勝負よスコア勝負」

「あ、僕ちょっとトイレに行ってくる」

マモルの申し出に、愛里は思いきり顔をしかめた。

「何よ。せっかく盛り上がってたのに」

「始めてていいよ。戻ってくるの少し遅くなると思うから。僕の分は交代で投げといてくれればいいから」

マモルはひょこひょこと歩いて、WCマークへと姿を消した。

「遅くなるって言ってたけど、大きい方でもしてくるつもりかしら。それともさっきのショックでちびっちゃったとか。それでその後始末に。恐怖、ちびり男、またの名をうんこもらし男」

愛里は相変わらず言いたい放題だった。

「まも君」

ゆうなは、心配そうにマモルの消えたWCマークを見つめた。

そして、呟《つぶや》いた。

「本当にぢになっちゃったのかな」

4

「マジムカツクぜ！」

「せっかく楽しかったのによ」

「ホントだぜ」

ボウリング場の裏で、ヤンキー兄ちゃん達がたむろってた。

煙草を肴《さかな》にビールを飲む。もちろんスタイルは80年代ヤンキーのうんこ座りを踏襲《とうしゅう》してる。

「おい、またあの女からかってやろうぜ」

一人がそう提案した。

「おもしろかったろ。あの女」

「確かにな、ぶつかったのはこっちだったのにぺこぺこぺこぺこ謝ってよ」

「ビンテージって言ったら普通に信じやがるしな」

「だけどど〜〜すんだよ。あのこうるさい女が一緒だぞ」

「な〜〜に、あの二人が出てきたらこっそり後をつけてよ、二人が別れるまで待つんだ。いい考えだろ」

「あのメガネ男は？」

「あんな奴《やつ》はそこらのゴミ箱にでも突っ込んどきゃいいよ」

「意義なし」

満場一致で、マモルのゴミ箱行きが決まった。

「よ〜〜し、またいろいろ言って困らせてやろ〜〜〜ぜ。30万は無理でも2、3万ならふんだくれるかもしんないしな」

「それに、結構なマブだったからな。うまく行けば」

ちょっと下心の花が咲いた。

「へっへっへっへ」

そんな時だ。


『おとなりを　まもり続けて　400年』


声が何処《いづこ》から聞こえてきた。

「！！！」

きょろきょろと首を動かすヤンキー達の前に、そいつはふっと現れた。

ヤンキー兄ちゃん達は思わず絶句した。

理由は単純だ。目の前に突然現れた奴が、ちょっと普通じゃない格好をしてたからだ。

深い紺色の布地の服。ぴったりと詰められた腕と足。顔を覆《おお》い隠す覆面。背中には、黒塗り鞘《さや》のまっすぐな直刀。

日光江戸村《にっこうえどむら》とか、太秦映画村《うずまさえいがむら》とかでよく見かけそうな奴だ。

そう、いわゆる忍者って奴《やつ》だ。

ヤンキー兄ちゃん達は思った。

どこのパチンコ屋の宣伝だろって。

だけど見たところ看板も持ってなければ、店の名前がプリントされているゼッケンもつけていない。

「誰《だれ》だお前は？」

『陰に名前はない！』

忍者は言った。言い切った。

実に忍者らしい台詞《せりふ》だった。

その言葉に、迷いとか戸惑いとかいった言葉はなかった。

こいつは、バカに違いない。

ヤンキー兄ちゃん達は確信した。

だから鼻で笑った、しごく当然の行動だ。

笑ってられなくなったのは、一瞬で間合いをつめた忍者の拳《こぶし》が、一人のみぞおちに食い込み、その一人が目をナルトにして倒れた後だった。

瞬《まばた》き一つもいらない一瞬の出来事だった。

「てめえ！」

色めき立ち、忍者に襲いかかるヤンキー兄ちゃん達。

忍者の身体《からだ》が、不自然にぶれた。それが実体のない残像だって分かったのは、ヤンキー兄ちゃん達の拳がスカっと突き抜けた後だった。

その時既に、忍者は彼らの背後に回り込んでいた。

ドカバキゴキゴギャゴキュ！

ヤンキー兄ちゃん達はナルト目で大地に沈んだ。

三秒はかからなかった。

倒れたヤンキー兄ちゃん達を見下ろし、忍者は呟《つぶや》いた。

『捨てておこう』

近くにあったゴミ捨てボックスに、忍者はヤンキー兄ちゃん達をごりごり押し込んだ。

5

「なんじゃこりゃ〜〜〜〜〜〜！」

長い長いトイレから戻って来たマモルは、ディスプレイに表示される自分のスコアに力の限り松田優作《まつだゆうさく》した。

GGGGGGGGG……GG！

Gのオンパレードだ。

「ど〜〜ゆ〜〜〜ことだよこれは？」

「ど〜〜〜ゆ〜〜〜ことって、見たまんまよ」

ニヤニヤ笑いながら、愛里《あいり》が説明した。

「あんたが言ったんでしょ。代わりにやっといてって。だからあんたの番には二人で交代で転がしてたのよ」

「…………」

ゆうながGなのは天然だろう。その証拠に、マモルの下にあるゆうなのスコアも、最後のスペースを除いては全《すべ》てGで埋まってる。

だけど愛里がGなのは納得出来ない。

真相は考えるまでもなかった。

「いや〜〜、ど〜〜してかわかんないんだけどあんたの代わりに投げようとすると手がぶれちゃってさ」

愛里は、いけしゃあしゃあと言いやがった。

近くに洗濯バサミがあれば思わずはさんでしまいたくなるような笑顔だ。

マモルは咄嗟《とっさ》に辺りを見渡したけど、残念ながら洗濯バサミは見あたらなかった。

「それより、静かにしてなさいよ。ゆうなが最後の一投なんだから」

レーン前では、ボールを抱えたゆうながおごそかに精神集中していた。

「紺若《こんにゃく》ゆうな。行きます！」

そう一声発し、やっぱりプロボウラーが飛び蹴《げ》り入れたくなるような独創的なフォームでボールを転がした。（やっぱりどっちかって言うと投げた）

ボールが一直線にガーターへ………と思いきや、奇跡的にカーブをして、合計10本の木がそそり立つジャングルへと突っ込んでいく。

そして、巨木を薙《な》ぎ倒した。

「やったよ！　三本倒れたよ！」

ゆうなはぴょんぴょん飛び跳ねて喜んだ。

こうして、ゲームは終わった。

沢菓愛里《さわがしあいり》…………１０３
陰守《かげもり》マモル…………０
紺若ゆうな…………３
最下位を争う二人は、史上希《まれ》に見る低レベルなスコア勝負となった。

何はともあれ、勝敗は決まった。

当たり前のことだけど、ダントツで愛里の勝利だった。

「さ～～～～～って、アホル。罰ゲームやってもらおうかしら」

ぐふぐふって、普通の人間にゃ真似《まね》出来ないような無気味な笑いを響かせ、愛里は言った。

「あっちのゲームコーナーにあるパンチングマシーンを、ヒーローっぽく技名を叫んで殴りつける！　ちなみに技名は、ハイパーミラクルデンジャラスドッコイパンチ！」

マモルは絶句した。

あまりのしょ〜〜〜もなさに言葉も出なかったのだ。

だけど約束は約束だ。

マモルは黙って、それに従った。


「うわ、男のくせに85ポイントだって。小学生並みの腕力よね」

愛里が出てきたスコアに鼻でせせら笑った。

マモルは何も言わなかった。

さっさとここから逃げ出したかった。

『ハイパーミラクルデンジャラスドッコイパンチ！』

なんて大声で叫んだものだから、回りからものすごく注目されちゃってたのだ。

生き恥。

その言葉を、マモルはしみじみと噛《か》み締めた。

と、マモルはとあることに気がついた。

「沢菓、ゆーなはどこ行ったんだ？」

「あれ？　トイレかな」

二人してきょろきょろ見渡してた時だ。

入り口の自動ドアから、ぱたぱたかけてくるゆうなの姿が見えた。

途中で右足に左足をからませてぺしゃって倒れたけど、すぐに起き上がってやって来る。慣れっこなのだ。

「どこ行ってたのゆうな？」

「ちょっと向かいの薬局に行ってたの」

そう言うと、ゆうなは紙袋の中に手を突っ込んだ。

「はい、まも君」

突き出されたのは、銀色の箱だった。

飲み込めないマモルに、ゆうなは笑顔でぶちかました。

「ぢの薬だよ！」

マモルは絶句した。

「切れぢとイボぢのどっちかって聞かれたけど、分からなかったからどっちにもきく奴《やつ》を買って来たよ。早く治してね。まも君」

すごい勢いで人々に注目された。

「や〰〰ね〰〰〰、ぢだって」

「かわいそ〰〰〰〰、あんな若いのに」

「伝染《うつ》ると困るから近寄らないようにしなくちゃ」

なんて女の子達の囁《ささや》き声だって聞こえる。

生き恥。

マモルは、再びその言葉を思い浮かべた。

そしてそれを噛み締めた。

6

結局、のりのりの愛里《あいり》に引っ張られてカラオケまで付き合わされたマモルとゆうな。

二人が帰ってきたのは、もうすっかり薄暗くなった頃《ころ》だった。

「じゃ〰〰ね、まも君」

家の前までやって来たゆうなは、足を止《と》めて言った。

「ちゃんと薬塗るんだよ」

「だから僕はぢじゃないんだってば」

「いいからいいから。恥ずかしがることじゃないんだから。病気なんだもん。仕方ないよ」

ゆうなはまた明日って手を振って自分の家へと帰っていった。

「やれやれ」

ため息まじりに吐き出して、マモルも自宅の扉に手をかける。

「ただいま〜〜」

「おかえり、マモル」

エプロン姿の女の人がキッチンから顔を出した。

陰守桜子《かげもりさくらこ》。マモルの母親だ。

基本的には専業主婦だけど、週に三日程《ほど》近所のスーパーでパートをやってる。

ゆうなの母親と一緒にだ。

「遅かったじゃない。どうかしたの？」

「ゆーな達につきあってあっちこっち回ってたんだ」

そんなこと話してると、一階の突き当たりのトイレが開いた。メガネのおじさんがのっそりと出て来る。

怪獣映画で一番最初に踏み潰《つぶ》されてしまいそうなオ〜ラを放ってた。

陰守堅護《けんご》。マモルの父親だ。

ごく普通の食品製造会社で働いてる。ちなみに、職場はゆうなの父親と同じとこだ。

「トイレで本読んでるとど〜〜も眠くなってしゃーないな」

ぱかぱか欠伸《あくび》かますとこなんかがマモルとよく似てた。

「さ、もうすぐご飯出来るから」

付け加えるように、桜子母さんは言った。

「その前にマモル。ぶる丸のご飯お願いね」

物干し台のあるちょっとした庭に、犬小屋はあった。

「ぶる丸、ご飯だぞ」

一匹の犬が飛び出して来る。

陰守ぶる丸。犬種はブルテリアだ。

ぶる丸は、脇目《わき》も振らずにドッグフードをがっつき始めた。と、

「ぶる丸ちゃんよっぽどお腹《なか》が空《す》いてたんだね」

ゆうなの声だ。隣の二階からこっちを見てた。

「ねえねえ、ぶる丸ちゃんって吠《ほ》えないよね。わたし、ブルテリアって犬はみんなそうだと思ってたけど、そうじゃないみたいだよ。テレビに出てたブルテリアってわんわんきゃんきゃん吠えてたもん。よっぽどしつけがいいんだね」

「しつけ……まあそんなとこだろうな」

微妙な表情でマモルは答えた。

「今度わたしにも散歩させてね」

ゆうな、ごはんよ〜〜って声がかすかに聞こえて来た。

「は――――い、お母さん」

振り向いて声を飛ばしたゆうなは、マモルを見下ろし口を開いた。

「それじゃね、まも君。今日あげた薬ちゃんと塗るんだよ」

それだけ言って、ゆうなの顔は引っ込んだ。

「だから、ぢじゃないんだってば」

疲れた息を吐き出す隣で、ぶる丸はまだふがふがご飯を食べていた。

7

真夜中の小鐘井市《こかねいし》。

住宅街の片隅に、一台のライトバンが止《と》まった。

窓にブラックシートを張り付けた、ちょっとばかしいかがわしいライトバンだ。

ライトバンの扉が開かれ、中から黒いトレーナーの男が四人、現れた。

全身を黒で覆《おお》った奇妙な連中だった。黒い靴、黒い手袋、黒いバッグ、そして目のとこと口のとこだけ出てる黒いフェイスマスク。

フェイスマスクのおでこには、白文字で泥って一文字。

そう、彼らは泥棒なのだ。

しかも、それなりの実績を持った四人組。『泥んズ』なのだ。

ずっと関西地方で仕事をして来たが、今回初めての関東《かんとう》進出である。

「いいか、今晩は軽い腕ならし。ウォーミングアップだ」

リーダーが口を開いた。

「そのために、ごくごく普通の一般家庭をチョイスしといたからな」

「了解」

「手筈《はず》はいつも通りだ。ピッキングで忍び込んだ後に素早く家の住人を縛り付け、催眠ガスをかがせる。その後にゆっくりと物色するって訳だ」

そう、『泥んズ』は忍び込んだ家の住人を脅して縛り付けちゃう、限りなく押し込み強盗に近い泥棒なのだ。

「行くぞ」

リーダーの合図で、泥んズ達が動いた。音もなく走り、少し進んだ先の一軒の家の門に飛び込む。表札には『紺若《こんにゃく》』って文字が書かれてる。

よしやれ！

リーダーの合図で、一人がさっそくピッキングを始める。

きっかり5秒で、鍵《かぎ》がカチャって敗北宣言を吐き出す。

「よし、開いた。行くぞ！」

泥んズが飛び込もうとした時だった。

『おとなりを　まもり続けて　400年』

声が何処《いづこ》から聞こえてきた。

「！！！」

きょろきょろと首を動かす泥んズ達の近くに、そいつは現れた。

泥んズは思わず絶句した。

理由は単純だ。現れた奴《やつ》が、ちょっと珍しい格好をしてたからだ。

深い紺色の布地の服。ぴったりと詰められた腕と足。顔を覆《おお》い隠す覆面。背中には、黒塗り鞘《さや》のまっすぐな直刀。

伊勢戦国村《いせせんごくむら》とか、伊賀上野忍者屋敷《いがうえのにんじゃやしき》とかでよく見かけそうな奴だ。

そう、言わずもがな忍者って奴だ。

泥んズは迷わず思った。

同業者だ！

「誰《だれ》だお前は？」

『陰に名前などない！』

忍者は言った。今回も言い切った。

その言葉に照れとか恥ずかしさといった言葉はなかった。

泥んズは呆《あき》れた。

たまにいるんだよね〰〰、こ〰〰ゆ〰〰なりきり泥棒ってのが。

泥んズはへって笑った。

「おい、こういったブッキングの時は先に鍵を開けた方に優先権があるってのは知ってるだろ。他《ほか》を当たるんだな」
忍者は動かなかった。
ふざけた奴だなって、泥んズは思った。
「少し痛い目に遭《あ》わないと分かんないようだな。おい」
リーダーの命令で、一人の泥んズが動いた。
ひときわ大きくて、筋肉がムキムキした奴だ。
男は持ってたバットを振り上げると、忍者に向かって突進した。
ジュバ！！！
光が一閃《いっせん》した。
チン！
涼しげな音をたてて、忍者刀がしまわれる。
バットが、根元からすっぱりと切れた。
そして、男もばったりと倒れる。
残された泥んズ3人は凍りついた。
こいつは洒落《しゃれ》にならないくらいヤバイ！
満場一致で、逃亡って結論が出る。
「うわ〜〜〜〜〜〜〜！」
泥んズ3人は脱兎《だっと》のごとく駆け出した。

あの角を曲がればバンを止《と》めた路地道だ！
って時だった。
何処《どこ》からか声が聞こえて来た。
声は違ってたけど、あの台詞《せりふ》だ。
『おとなりを』
続いて、女性の声が続く。
『まもり続けて』
最後はハモッた。
『４００年』
泥んズ３人は見てしまった。
両脇《わき》の家の屋根に立つ人影をだ。
やっぱり忍者だった。
右の忍者が分銅つきの鎖を、びゅびゅびゅびゅ〰〰んって回し放った。
強烈な一撃に、泥んズの一人がＫＯされた。

左の忍者が煌《きら》めくたくさんの何かを放った。

煌めくたくさんの何かは、泥んズの一人をブロック塀《べい》に張り付けにした。黒光りする手裏剣だった。

その恐怖に、軽く失神した。

リーダー一人が生き残った。

「ひえええええええええええええ！」

裂帛《れっぱく》するような悲鳴を響かせて、リーダーは逃げ出した。

尻《しり》の穴に火のついたダイナマイトでも突っ込まれたような勢いだ。

なんとかバンにたどり着くと運転席に飛び込みエンジンをかける。

「よし！」

力一杯アクセルを踏もうとしたとこで、リーダーは気がついた。

助手席に座る一匹の犬の存在にだ。

犬は、覆面をして巻物を銜《くわ》えていた。

とてつもなくいやな予感がした。

リーダーはゴクリと唾《つば》を飲み干すと、猫なで声で言った。

「ねえ、わんちゃん、出来れば車を下りて……」

犬が、銜えてた巻物をぺってリーダーに向かって投げつけた。

リーダーは、恐る恐る巻物を手に取り、開いた。

そこにはお決まりの言葉が書かれてた。

おとなりを　まもり続けて　400年

犬が一変した。おかしなくらい牙《きば》を剥《む》き出したのだ。

『がう!』

「ぎゃあああああああああ!」

こうして、リーダーも撃沈した。

8

陰守《かげもり》宅のダイニングルームでは、桜子《さくらこ》母さんと堅護《けんご》父さんが番茶をすすってた。

「すっかり寝こじれちゃったわね」

「そうだな、久しぶりだったからな」

テーブルのはしっこでは、ブルテリアのぶる丸君がヨダレの海を作ってた。おせんべーが欲しいようだ。

「お? 帰って来たか」

堅護父さんがガラス戸に目を向ける。ちょっとしたバルコニーにしゅたって降り立つ影があった。

忍者だった。

忍者はがらがらってガラス戸を開けると、家の中に入ってきた。

「ちゃんと警察の前に転がして来たか？」

『…………冗談じゃないよ』

忍者は、覆面を取ると、どっかから取り出したメガネを装着した。

ぼさぼさの髪の毛に、ビン底のようなメガネ。

そう、陰守マモルその人だ。

謎《なぞ》の忍者の正体はぬわんとマモルだったのだ！（何を今更って感じだけど）

椅子《いす》にどっかと座り、マモルは憤まんやるかたないって感じにまくしたてた。

「父さんはゆーなの父さんを守る。母さんはゆーなの母さんを守る。僕はゆーなを守る。それが基本だろ？」

「そ〜〜だ、それが基本だ」

「で、今晩みたいに、ゆーなん家《ち》全部に危険がおよびそうな時は皆で対処する。そういうことになってるのにど〜〜〜して」

「はい、お茶」

差し出された番茶をぐいっと飲み干して、マモルはぶちまけた。

「ど〜〜〜してあの泥棒達の後始末を全部僕にやらせるんだよ」

「そりゃしょうがないさ」

堅護《けんご》父さんはこともなげに言った。

「これも修業のうちだからさ」

「あ？」

「自惚《うぬぼ》れるんじゃないぞ。お前なんか父さん母さんから見ればまだまだヒヨっ子の忍《しのび》なんだからな。修業は大切だ」

「だからって……」

マモルは言葉を飲み込んだ。

目の前にいる堅護《けんご》父さんの姿が揺《ゆ》らいだからだ。

残像！

次の瞬間、首に冷たい感触を覚える。

ゆっくりと目を動かすと、忍者服になった堅護父さんが苦無《くない》を突きつけてた。

『ほらな、まだまだだろ？』

何も言い返せなかった。

『それじゃ、ここの後片づけも頼んだぞ。父さん達は眠るからな』

「おやすみ。マモル」

湯のみをそのままに、両親はダイニングを出て行った。

「バウバウ」

ぶる丸も自分の犬小屋へと戻っていく。

はっ
はっ

マモルは一人ぼっちになった。

なんだかさみしい光景だった。

「ちっくしょ～～～～」

焼けクソになって、マモルは番茶を飲んだ。

ガブガブ飲んだ。

それがいけなかった。


そして、翌朝。


「ど～～したのまも君。いつもにも増して眠そうだけど」

いつものように呼びに来たゆうなは、欠伸《あくび》製造機になってるマモルにそう尋ねた。

「昨日、眠れなくて」

番茶をがぶ飲みしたせいで眠気がなかなかやって来ず、来たと思うとおしっこしたくなってトイレへ。その繰り返しだったのだ。

「……そっか、そうなのか」

ゆうながしんこくな顔して頷《うなず》いた。

「そんなに悪かったんだ」

「何言ってるんだ？」

「だから、眠れなかったのってぢのせいなんでしょ？　痛くて眠れなかったんでしょ？」

ポカンとしてるマモルをそのままに、ゆうなは時速500キロでかっ飛ばした。

「よし、わたしが病院連れてってあげる。手術すれば一発だって誰《だれ》かが言ってたもん」

「違うよ、ぢじゃなくて」

「いいんだって、恥ずかしがらなくて。病気はちゃんと治さなきゃいけないんだよ。いつまでもぢじゃ困るでしょ。で、切れなの？　イボなの？」

あらやだ、陰守《かげもり》さんとこの息子さんぢだって。

あんなに若いのにねえ。

一度やると慢性になるらしいわ。気の毒に。

ご近所のオバ様達がそんなこと話してるのが鍛え抜かれた耳に飛び込んでくる。

生き恥。

マモルはまたその言葉を思い出した。

そして、噛《か》み締めた。

「ねーねー、切れ？　それともイボ？」

陰守家は、隣の紺若《こんにゃく》家を守り続ける忍《しのび》の一族である。

忍者、陰守マモルの役目は、紺若家の娘、紺若ゆうなを守り続けることだった。

決してその正体を悟られてはならない。
陰から守る。
それが、マモルの使命なのだ。

次回に続く。

第②話　白い粉見ちゃいました

1

夕方だった。

うらぶれた廃倉庫前だった。

そこに男達は集まっていた。

黒服で黒サングラスのいかがわしい男達だ。

こんな所にこんないかがわしい男達が集まる理由って言ったら、そりゃいかがわしいことしかないだろう。

事実、いかがわしいことだった。

数台の高級車が到着した。

ババババって、いかつい顔をした連中が飛び出してくる。

最後に、一番ローンが長くかかりそうなリムジンから出てきたのは、高級スーツに身をつつんだ男だった。ちなみに体形は風船みたいだ。

ものすごく悪そうな顔をしてた。

湧《わ》き出てるオ〜ラだって悪そうだ。

それもそのはずだ。この男の名は、極悪火堂左衛門《ごくあくひどうざえもん》。関東《かんとう》屈指の暴力団、極悪組の組長なのだ。

数え切れないくらい悪事を重ねてる。

数え切れないくらい人も殺してる。

数え切れないくらいのゴミもポイ捨てしてる。

そ〜〜〜ゆ〜〜〜〜〜〜極悪非道な奴《やつ》なのだ。

「ブツは、持って来てくれたんだろうな」

火堂左衛門は、ものすごくアクの強い悪者声で言った。

これに比べれば、ガマガエルの方がもう少し奇麗に鳴くぞってな声だ。

サングラス男の一人が、アタッシェケースを突き出し、そしてそれを開く。

そこには白い粉の入った袋が詰まっていた。

うどん粉なんかではない。

ましてやかたくり粉などでもない。

粉ミルクなんて言うのはもっての他《ほか》だ。

この白い粉は、南米産の特上の麻薬なのだ。これだけあれば末端価格で数億はする。

「ほほう」

火堂左衛門は目を細めると、軽く合図をした。

いかつい男の一人が同じように突き出したアタッシェケースを開いてみせる。中には札束がぎゅうぎゅうにつめこまれていた。

黒服の男達はこっくりと頷《うなず》いた。

「よし、これで契約は成立と言うことだな」

火堂左衛門が、にんまりと笑みを浮かべた時だった。

ガサゴソガサゴソ。

近くの茂みが音を立てた。

黒服の男達も、そしていかつい男達も、そろって懐から拳銃《けんじゅう》を取り出した。

「みゃ〰〰〰〰」

出てきたのは一匹の小猫だった。

凍りついてた空気が、ふっと溶けた。

「何だ、猫か」

「みゃ〰〰〰〰〰」

小猫はみゃーみゃー鳴きながら、火堂左衛門の目の前までやって来た。

「みゃ〰〰〰」

「こういう時は神経質になっていかんな」

「みゃ〰〰〰〰」

「さて、気を取り直して取引の続きをしよう」

「みゃ〰〰〰」

「次回はこの二倍をよろしく頼む……」

「みゃ〰〰〰〰〰〰みゃ〰〰〰〰〰〰みゃ〰〰〰〰〰〰」

「え〰〰〰い、やかましい！」

火堂左衛門《ひどうざえもん》は、みゃーみゃー鳴く小猫にブチ切れた。

「こいつを黙らせろ！」

「へい」

いかつい男の一人が拳銃《けんじゅう》の狙《ねら》いを小猫へと向けたまさにその時。

「あ〰〰〰〰〰〰〰〰〰、こんなとこにいるう」

せっかくのいかがわしい空気をぶち壊しにする声が響き渡った。

やって来たのは一人の女子こ〜せ〜だった。

女子こ〜せ〜はとことこやって来ると、鳴いてる小猫を抱きかかえた。

いかがわしい空気に気がついてるとは思えなかった。

「ダメでしょ。ミーちゃん。ママが心配してるよ」

女子こ〜せ〜はその場で小猫の顎《あご》をくすぐった。

「さ、帰ろ」

立ち上がった女子こ〜せ〜は、自分を見つめるたくさんの瞳《ひとみ》に気がついた。

「あ、ははは」

ぎこちなく笑った。

アザーン

ようやく、自分がお呼びでないってことに気がついたようだ。

「ごめんなさい。友達の家で小猫を見せてもらってたら逃げ出しちゃって、それで探してて」

女子こ〜せ〜は一生懸命に説明した。

「それじゃ失礼します」

女子こ〜〜せ〜〜はぺっこりと頭を下げると、逃げるようにその場を後にした。

沈黙はしばらくとぐろを巻いていた。

どれぐらい時がたったろうか？

1・2・3！

「だあああああああああああああああああ！！！！」

火堂左衛門《ひどうざえもん》が叫んだ。

「だあああああああああああああああああ！！！！」

残った男達も叫んだ。

ボンバイエだった。

2

浅間山《せんげんやま》学園高校に、放課後がやって来た。

部活動に勤《いそ》しむ生徒は部活動を。そうじゃない生徒はそうじゃないことをする時間だ。

帰宅部に所属してるゆうなとマモルは、二人仲良く校門を出た。

「すっごく可愛《かわい》かったんだよ。琴実《ことみ》ん家《ち》の小猫ちゃん」

朝から何度も何度も繰り返してる言葉を、ゆうなはまた熱っぽく口にした。

マモルは思った。

かけ算の九九を習った時以来だな。こんなにも同じことを繰り返し言われるのは。

マモルのうんざり顔にも気づかず、ゆうなはどんどこ続けた。

「わたしが手を出すとね、ぺろぺろって嘗《な》めるの。それでね、顎《あご》をこうやってごりごりってやってあげるとね、きゅ〰〰〰〰〰〰ってて目を閉じるの。それがすっごい可愛いの」

「あっそ」

あんまし興味はないぞって感じに、マモルが息を吐き出す。

「まも君もずっといれば良かったのに。小鳥だけ見て帰っちゃうんだもん」

やっとリピートが終わった。別の方向に道が伸びた。

ホッとしながら、マモルは口を開いた。

「ちょっとばかし用事があったんだ」

「何の用事？」

ゆうなに真剣な瞳《ひとみ》で見つめられ、マモルはおおいに返事に詰まった。

昨日の放課後、小猫が生まれたって友達の家に、ゆうなとマモルはお邪魔した。

そこの家は鳥籠《かご》に小鳥を飼っていた。

小猫と対面する前に、ゆうなは小鳥の鳥籠をいじくっていた。

本人は気がついてなかったけど、指が当たって扉が開いてしまった。

ゆうなが目を離した後、小鳥は逃げ出してしまった。しかも三羽。しかも外へ。

ゆうなが逃がした小鳥を捕まえに行ってたんだよ。大変だったんだぞ。ビルの屋上とかに飛んでっちゃって。

って正直に話したいとこだけど、それは出来ない。

普段は運動オンチのダメダメ高校生を演じてるのだ。素早く飛び回る小鳥を捕まえて来たなんて言ったら「?」って顔されてしまう。

決して忍者であることを悟られてはならない。

これが掟《おきて》なのだ。

「どんな用事かって言うとだな」

適当に考えた。

「え〰〰と、ぶる丸の犬小屋の屋根が雨漏りするからそれを直さなくちゃいけなくて」

「そっか、なら仕方ないね」

え〰〰と、って言ってる時点で、今考えたんだろってバレバレだけど、ゆうなは気にしなかった。

人を疑うってことをお母さんのお腹《なか》の中に置いて来ちゃった女の子なのだ。

純粋で助かる。

マモルが心の中でホッと一息ついた……と。

「フライングボディクロスチョップ！」

長ったらしい技がマモルの背中に直撃した。

こんなことするのが誰《だれ》かなんて、振り返らなくたって分かる。

「何だよ、沢菓《さわがし》」

振り返ると、傍若無人のお姫様、沢菓愛里《あいり》が、にやにやしながら両手をクロスさせてた。

「何だよじゃないわよ。せっかく愛里がゆうなと仲良く帰ろうと思ってたのに、連れ去ったりして。あんた人さらいよ。ゆーかい犯よ、ゆうな泥棒よ」

無茶苦茶な愛里の論法に、マモルは苦笑した。

だけど、愛里が無茶苦茶なのは今に始まったことじゃない。だからこそクラス分け儀式に忍び込んで裏工作した時にAとJに引き離したのだ。

「いっそ転校させちまうって方法もあったのかも」

何て呟《つぶや》いてるマモルなんか華麗に無視して、愛里はゆうなとスキンシップを始めた。

「も〰〰〰、待っててくれないなんてひどいよ」

「ごめんね。だけど愛里って部活でしょ」

「そーだそーだ。月水金は確か部活の日だろ？　いいのか。こんなとこでフライングボディクロスチョップなんかやってて」

マモルが唇を尖《とが》らして言うけど……。

「機材の調子が悪いからって修理の業者が来てるの。だから今日は放送部は休みなの！」

ど～～だまいったかって感じに、愛里《あいり》は胸を張って見せた。

それから、ゆうなに甘ったるい声をぶつける。

「でね、ゆうな。まだ暗くなるまでにはけっこう時間があるでしょ。ちょっと寄り道してかない？」

「え？　どこに？」

「駅向こうに新しくフルーツパーラーが出来たの。今週中は女性客ならパフェが半額なの。あ、雑誌の名前を言わなくちゃいけないんだけど、そこんとこは愛里に任せて。チェック済みだから」

「相変わらずそ～～～ゆ～～～～～ことには詳しいんだな。成績は悪いくせに」

「うるさいわね！」

ぼやくマモルに、鋭い一撃が飛んだ。

「言っとくけどね、そんな悪い成績でもあんたのよりは百万倍もマシなのよ。それに体育の成績は人並みには取れてるの。あんたの体育の成績、言ってみなさいよ」

「…………１だよ」

「ほらね」

フンコロガシを見るような目つきで、愛里はマモルを見た。

「分かったら余計な茶々挟むんじゃないの。勉強運動ダメダメボーイのアホルくん！」

勝ち誇ったようにぴしゃりと叩《たた》き付けてから、愛里はゆうなにまとわりついた。

「ね、ね、ね、い〰〰でしょ？　ねえってば」

「う〰〰〰ん、どうする？　まも君」

大きな瞳《ひとみ》を向けてくるゆうなに、マモルは肩をすくめて言った。

「いいんじゃないの？　どうせヒマなんだし」

「そ〰〰だよね。じゃ行く」

「決まりぃぃぃぃ！　ま、アホルが一緒ってのがちょ〰〰〰〰っと気に入らないけど、ゆうなの可愛《かわい》さに免じて我慢してあげる。それじゃレッツゴー」

愛里のやかましい仕切りで、三人は歩き出した。


そんな三人を、車の中から見つめる男達があった。

全員いかつかった。まず間違いなく小児科の病院には行っちゃダメだろう。子供がひきつけを起こしてしまう。

そんないかつい男の一人が、携帯で喋《しゃべ》った。

「組長、やっと見つけました。間違いありやせん。あの娘です」

携帯の向こうから、ねばっこい悪者声が聞こえてくる。携帯電話が思わず圏外に逃げ込みたくなるような声だ。

「はい、事務所ですね。わかりました」

男は頷《うなず》いた。

「任せてください。ちゃんと連れてきます」

男は、携帯を切ると、残りの面々に目を向けた。

「ラチるぞ！」

いかつい男達は、異口同音で言った。

「ガッチャ了解！」

3

とっても乙女ちっくに店内は飾られていた。

とっても乙女ちっくなテーブルと椅子《いす》が並んでいた。

とっても乙女ちっくな音楽が流れていた。

そして、乙女達がきゃぴきゃぴ甘いもんを食べていた。

だけど、乙女じゃない人もいた。

「しかっしま〰〰〰」

チョコレートパフェをスプーンですくって食べながら、愛里《あいり》が言った。

「あんたほどフルーツパーラーが似合わない男もいないわよね」

　大盛メロンパフェを食べながら、マモルは口を尖《とが》らした。

「うるさいな」

「自分で誘ったくせに」

「ブ――――！　ブブブブブブ――――――！　違います～～～～～～～！」愛里はゆうなを誘ったの。あんたなんか誘ってません～～～」

　唾《つば》一杯飛ばして、愛里が口を尖らした。

「ほら、見てみなさいよ。あんたのせいでせっかくの店の雰囲気がぶち壊しになってるんだから」

　マモルは深海のつぶ貝のように押し黙った。自分の容姿のことはしっかりと理解してる。ボサボサ頭にぐるぐるメガネっていうダッサイ格好だ。

　そりゃあ、フルーツパーラーって格好じゃないだろう。どっちかって言うと駅前のゲームセンターって風貌《ふうぼう》だ。

　メガネを取れば多少はマシになるんだろうけど、人前でメガネを取ることは自重してる。人前では、とことんダメダメのダサダサを演じる。

　全《すべ》ては忍者ってことをひた隠しにするためだ。

「そんなことないよ。男の人がこういったお店に入ったっておかしくないよ」

　ゆうなが言った。

　本当はもっと早く助け船を出してあげたかったけど、バナナパフェのバナナが口の中に入って喋《しゃべ》れなかったのだ。

「ほら、見なよ。ちゃんと男の人だって食べに来てるでしょ」

ゆうなは、顔を動かしてある方向に向けた。

マモルと愛里《あいり》も首を動かした。

そして、思わず言葉を詰まらせた。

確かに、男がいた。

四人もいた。

問題はその顔とガタイとオーラだ。

いかつくて、でっかくて、剣呑《けんのん》だ。

どう見たってまっとうな仕事してる連中とは思えない。

こんな所でお茶してるよりは、どっかのドアを蹴《け》飛ばしてる方がよっぽど似合ってる人達だ。

そんな連中が四人で小さなテーブルについて、ジャンボパフェをもそもそ食べてるのだ。

無気味だった。

無気味の王様だった。

「アホル。あんた救われたわね」

愛里が、小声で囁《ささや》いた。

「あの連中に比べたら、あんたまだマシだわ」

「……ありがとよ」

大して嬉《うれ》しくもなかったけど、マモルはそう呟《つぶや》いた。

「たぶん向こうの人達も肩身のせまい思いをしてるんじゃないのかな？　さっきからこっちをチラチラ見てるんだよ。きっとまも君のこと見て安心してるんだよ」

そ〜〜〜だろ〜〜〜かってマモルは思った。

どうひいき目に見たって、人目を気にする連中じゃない。

人目を気にするぐらいだったらあんな顔にはならなかったはずだぞ。

でもまあぁ、考えたってどうにもならないことだから。マモルは黙ってメロンパフェにスプーンを突っ込んだ。

「一生懸命食べてたら疲れちゃった。こんなにがんばって食べたらお腹空《なかす》いちゃうよね。気をつけないと」

ゆうなが、ゆうなにしか言えないボケを普通にのたまった。

「ちょっと休憩。お手洗いに行って来る」

ゆうなが立ち上がった。

「わたしのバナナ食べちゃダメだからね」

って言うことも忘れなかった。

「ゆうなって本当、面白い子よね」

ＷＣに歩いてくゆうなを見送りながら、愛里がまったり息を吐き出した。

「ものすごく純粋で子供っぽくて」

「昔から頭が落っこちたリンゴみたいな奴《やつ》だからな」

「あんたにそんなこと言う資格があるわけ？　この万年学年ドベ男が」

愛里《あいり》がマモルの頭をスプーンの尻尾《しっぽ》でぐりぐりってやった。

それから、少しだけそっぽ向いて言った。

「ところでさあんた、ゆうなと長いんでしょ？　知り合って」

「うちの父さんがゆーなのおじさんと幼なじみだからな。昔っから家隣だし。引っ越ししても家隣だし。生まれた時からの腐れ縁だよ」

「ふ〰〰〰ん」

愛里は、生クリームをかきまぜながら呟《つぶや》いた。

「そういうのって、兄妹《きょうだい》みたいなものになるってね。幼なじみ同士って恋人になってもなかなかうまくいかないってどっかの雑誌に書いてあったわよ。なまじっかお互いのこと知り尽くしてるから」

「知り尽くしてる……か」

もしかして、ゆーなは僕が忍者でこっそり守ってるってことに気がついてるかも。

そんな考えがぽっこり芽を出した。

だけど、すぐにゆうなのおぽんち顔が浮かび上がった。

『わたし、果物の中だとバナナが一番好きだな。ね、バナナの頭とお尻《しり》って微妙に味が違うって知ってた？　わたしは、皮をむかれたバナナを出されても、両端をちょこっとかじればどっちが頭かお尻か分かる自信があるの！』

そんなゆうなに正体がばれてるとしたら、正直かなりショックだ。立ち直れないくらいだ。

絶対あいつは気がついてない！　命かけたっていいぞ！

マモルは、確信を込めて頷《うなず》いた。

「とゆー訳だから、ゆうなと恋人になろうなんて考えないことね」

「考えないよ。そんなこと」

ぶっきらぼうにそう言ってから、マモルは何気なく尋ねた。

「でも、どうしてそんなこと聞くんだ？」

「決まってるじゃない」

愛里は魂を込めて言った。

「ゆうなの幸せを願ってるからよ」

「は？」

「あんたなんかとくっついたらゆうなが苦労するのが目に見えてるからね。だから釘《くぎ》をさしとくの。いい！　わかった！」

「わかったよ」

「よろしい」

愛里《あいり》はこっくり頷《うなず》くと、溶けたチョコレートを食べ始めた。

「で、あんたどうなの？　最近気になってる娘《こ》とかいる訳。ど〜〜〜せうまく行く訳ないだろうけど、ほんの少しくらいなら協力してあげたって……」

マモルは聞いてなかった。

さっきのいかがわしい連中がそろって立ち上がり、トイレへと向かうのを見ていた。あんな顔した連中が連れしょんするとは考えにくい。連れしょんしたがるくらいなら、とっくの昔にあの顔をなんとかしてたはずだ。

何かが引っかかった。マモルの第六感って奴《やつ》にだ。

だもんで、マモルは立ち上がった。

「ちょっと、話の途中だってのにどこ行くのよ」

マモルは、一言一言前歯で削《そ》ぎ落とすようにして言った。

「ト・イ・レ」


「ふう」

トイレの個室から出て来て、ゆうなは息を吐き出した。

こういった店としては珍しく、トイレも大きく作られていた。もちろん男子トイレ女子トイレは別々だ。

「さ、バナナ。バナナ。バナナのバナナ」

残ってるバナナパフェに思いをはせながら、ゆうなが手を洗ってる時だ。
鏡に、男が映った。
男は自分の後ろに立っていた。
ゆうなは首を傾《かし》げた。
この人、トイレを間違えちゃったのかしら？
もちろん、親切なゆうなは教えてあげることにした。
「ここは女子トイレです……」
最後までは喋《しゃべ》れなかった。
男が、ハンカチのよーなものをゆうなの口に押しつけた。
つんとする香りに、頭の中が朦朧《もうろう》として来る。
うすれゆく意識の中、ゆうなは心の中で呟《つぶや》いた。
大変、バナナの色が変わっちゃうわ。

4

人目のつかない路地に止《と》めたリムジン。
そこに、いかつい男達はゆうなを運んで来た。
後部座席を開けてゆうなをそこに押し込む。

「よし、行くぞ」

男達が、車に乗り込もうとしたまさにその時だった。

『おとなりを　まもり続けて　400年』

「何だ？」

男達はきょろきょろと辺りを見渡した。

そして、気がついた。

近くの建物の屋根の上に立つ存在にだ。

忍者だった。

どっからどう見ても忍者だった。

男達はそろってうすら笑いを浮かべた。

だけど、いかがわしい現場を見られてしまったって後ろめたさもある。

「どうやら、見ちまったようだな」

一人の男が拳銃《けんじゅう》を抜いた。

目撃者は消す。

極悪非道な極悪火堂左衛門《ごくあくひどうざえもん》の部下も、やっぱり極悪非道な奴《やつ》なのだ。

「死ね！」

トリガーにかかった指が、くいって関節を曲げたその瞬間。

銃声と共に、忍者の姿が消えた。

1秒後には、拳銃が叩《たた》き落とされていた。腕にカギ爪《づめ》のような物をつけた忍者にだ。

「っ!!」

残った面々も拳銃を引き抜いた。

もちろん言うまでもないことだけど……。

いくら顔がいかつくたって、普通の人間がかなう相手じゃなかった。


『やれやれ』

ぎったんぎったんにやられてボロ雑巾《ぞうきん》のように倒れる男達を見下ろし、忍者、陰守《かげもり》マモルは息を吐き出した。

『こいつら、何だってゆーなを』

痛めつけて吐かそうと思ったけど、痛めつけすぎてもはや何も喋《しゃべ》れない状況だった。

ちょっとやりすぎたかなって、マモルはぽりぽり後頭部を掻《か》いた。

『さてと……』

マモルはリムジンの後部座席のドアを開けて、ゆうなを抱え上げた。

そして、地面を蹴《け》飛ばした。


「ゆうな！　ゆうな！　ゆうなってば！」

そんな声で、ゆうなは目を開けた。

「良かった。死んじゃうんじゃないかって心配したのよ」

ほっと胸を撫《な》で下ろしてる愛里《あいり》がいた。

「あれ、わたし」

トイレの洗面台の前だった。

「トイレからなかなか帰ってこないから心配で来たの。そしたらゆうなが倒れてたからびっくりしちゃって」

「わたし、確か……」

ゆうなは残ってる記憶の糸を手繰《たぐ》り寄せた。

鏡にいかつい男が映ったこと。間違ってますよって教えてあげようとしたらいきなりハンカチを口元に押しつけられたこと。バナナの色が変わっちゃうって思ったこと。

「あ、バナナ！」

ゆうなは大声を上げた。

「急《いそ》がなくちゃ」

とりあえず、他《ほか》のことは深くは悩まないことにした。

今一番大切なのは、バナナのことなのだ。

戻って来たゆうなが、残ってたバナナパフェを食べ始めてしばらく後。

「ただいま」

マモルがトイレから戻ってきた。

「えらく時間がかかってたわね」

愛里がジト目で言った。

「あんた、大きい方してたんでしょ？」

「ち、違うよ」

「じゃあ何でこんなに時間かかってんのよ」

しょーもないとこに突っ込みを入れる愛里だ。

返事に困ってるマモルに、バナナを飲み込んだゆうなが言った。

「まも君、まだぢ治ってないの？」

マモルは、漬物石を頭に乗っけられたような表情を浮かべた。

「ねーねー、ぢ治ってないの？」

「だから僕はぢじゃないんだってば」

フルーツパーラーにもっともそぐわない会話だなって、マモルは頭の片隅で思った。

5

東京、某所。

門構えも立派な屋敷が、どで〜〜〜んとかまえてた。

なかなか立派に悪趣味だ。さぞや地域住民の迷惑《めいわく》になってることだろう。


『極悪組』


夜になると動き出しそうな太い墨字で、そう書かれている。

そう、ここそが極悪《ごくあく》組の組事務所兼、火堂左衛門《ひどうざえもん》の住居でもあるのだ。

事務所にて、でっかな葉巻を吸いながら極悪火堂左衛門が声を荒げた。

「マサ達はどうした？」

「連絡ありやせんね。兄貴達から」

若い組員が言った。新入りなのか、まだ顔はそんなにいかつくない。

「まったく。どこで道草食ってんだか」

「親分！」

血相変えて角刈り男が飛び込んで来た。こっちはそれなりに芸歴が長いのかしっかりいかつい顔してた。

「今、警察から電話があってマサ達が」

「あいつら！　しくじったのか！」

火堂左衛門がぎちぎち奥歯を鳴らした。

「戻ってきたらぶっ殺してやる！」

脅しでも何でもない。こんな感じにいろんな人をぶっ殺してここまで成り上がって来たお人だ。

若い組員は、ぶるぶるって震えた。

だけど、状況は少し違うようだ。

「いえ、そういう訳ではないようでして。その、路地裏で倒れている所を発見されて、今病院に」

「なんだと？」

「相当痛めつけられてるらしく、退院するには半年は必要だって」

「一体誰《だれ》にやられたんだ？」

「さあ、ただうわ言でこんなことを言ったそうです」

「何だ？」

「にん……」

「にん…………何だ？」

「さあ？」

「にん…………」

火堂左衛門は考え込んだ。

「にんにくですかね？」

若い組員が口を開いた。

「もしかしたらにんじんかも」

もう止《や》めておけって先輩が目で合図したけれど、若い組員は続けた。

「分かった！　妊婦だ！　兄貴達は妊婦にやられたんですよ。必殺！　マタニティーアタック！」

ズキューン！

若い組員のこめかみを、一発の弾丸がかすって行った。

「外したか……」

心の底から残念そうに、火堂左衛門《ひどうざえもん》は言った。

若い組員は脱兎《だっと》のごとく部屋から飛び出して行った。

「別の組の奴《やつ》らですかね？」

「極悪《ごくあく》組にケンカをふっかける馬鹿《ばか》な連中はいないだろ」

「そうですね。ってことは」

組員は慎重に火堂左衛門の顔色を窺《うかが》ってから、ポソリ呟《つぶや》いた。

「さらおうとした娘にやられた……なんて……そんなことある訳ないですよね。あはあはあはは」

ギロって睨《にら》まれたもんだから、組員は冷や汗流して笑った。

「また別の連中に向かわせましょう。すぐにめぼしいのに声をかけます」

「待て！」

出て行こうとする組員を呼び止《と》め、火堂左衛門は、少し考えてから口を開いた。

「松血代《まっちょ》組に連絡を入れろ」

「え？」

「あいつらにやらせるぞ。あの娘の始末をな」

「そんな、それはいくら何でも。確かにあいつらは最近うちの傘下《さんか》に入りましたが、だけどあいつらが普通じゃないことは組長だって知ってるでしょう」

「いいからやるんだ！」

火堂左衛門が拳銃《けんじゅう》を引き抜いたもんだから、組員は分かりました！　って叫んで部屋を飛び出した。

「松血代組か…………」

火堂左衛門は葉巻を銜《くわ》えると、その拳銃型ライターで火をつけた。

そして、下卑《げび》た笑みを浮かべ言った。

「可哀想《かわいそう》な娘だな。あの化物達のオモチャにされるんだから」


うらぶれた街角の、うらぶれたスポーツジム。

電話が、けたたましく身震いした。

玉葱《ねぎ》のような腕が、受話器をむんずと掴《つか》む。

「もしもし、ああ、極悪さんか」

しばし会話が続いた。

「オッケー。分かったぜ」

受話器が投げ捨てられた。

「極悪《ごくあく》からの仕事の依頼だ。女を一人始末しろってことらしい」

部屋のあちらこちらからかすれた笑いが起こった。

「久しぶりに楽しむことにするぜ」

6

「じゃ〰〰また明日ね、ゆうな」

ゲームショップ脇《わき》の十字路にて、愛里《あいり》は手を振った。

「アホル。ちゃんとゆうなのこと家まで送ってあげんのよ」

「家が隣だから言われなくたってそーなるよ」

ぶすっとしてマモルは言った。

「それと、さっきの話。忘れないよ～に。くれぐれもへんな気を起こすんじゃないわよ」

それだけ言うと、愛里はまたゆうなに手を振って駆けて行った。

「さ、帰ろ。まも君」

「ああ」

夕暮れ時の小鐘井市《こかねいし》を、二人はてくてくと歩く。

すぐに、ゆうなが口を開いた。

「ねーねー、さっきの話って何？」

「え？　ああ、あれか」

マモルは鼻で笑った。

「ゆーながトイレに行ってた時に、愛里がくっちゃべってた話のことだよ」

「どんな話なの？」

「えっとだな、ほら、僕とゆーなって昔からの知り合いだろ？」

「幼稚園に入る前からだよね。赤ちゃんの時からの知り合いって言ったっておかしくないくらいだよ」

えっへんってゆうなはした。

「愛里が言うには、そーゆー二人ってのは恋人になったってうまくいかないんだってさ」

ゆうなのえっへんが終了した。

押し黙るゆうなをそのままに、マモルは続けた。

「なまじっかお互いのこと知り尽くしてるのが原因なんだって。確かにそーかもしんないなってこと話してて」

「問題です！」

ゆうなが突然叫んだ。

「わたしの好きな食べ物は何ですか?」

「は?」

「わたしの好きな食べ物は何ですか?」

何だかよく分からないけど、ゆうなの瞳《ひとみ》は真剣色に染まってた。

答えないと末代までたたられそうだったから、マモルは答えた。

「かまぼこだろ。白い奴《やつ》」

「じゃあ、一番好きな果物は?」

「バナナ」

「それじゃ、わたしの嫌いな食べ物は?」

「かにみそ」

「わたしの好きな色は?」

「ピンク」

「わたしの嫌いな色は?」

「黒」

「わたしの好きな本は何ですか?」

「ピーターパン」

「わたしの血液型は?」

「B型」

「わたしの誕生日は？」

「五月一日」

「わたしの特技は？」

「ミトン作り」

「わたしの幼稚園の時のあだなは？」

「泣き虫ゆなたん」

「そんなあ」

ゆうなはよろよろとよろめいた。

「ど～～してまも君がそんなことまで知ってるの？」

「知ってるよ。同じ幼稚園だったんだから」

「それもそっかあ」

あはははってゆうなは笑った。

だけどすぐにまたう～んって考え始める。

「何か他《ほか》に何か他に問題は」

「おい、ゆーなってば」

「そうだ、これならどう？　わたしが最近お風呂《ふろ》でかかさずしていることは？」

ど～～だまいったか。

ゆうなの顔がそう語ってた。

だけど、マモルはまいってなかった。

「軽石でかかとを擦《こす》る」

「えええええええええ！！！」

ゆうなはわめき散らした。

「なんで？　ど〰〰〰〰して？　……もしかして、まも君、隣から覗《のぞ》いてたとか？」

「バカ！」

顔を真赤にしてマモルは叫んだ。実はけっこう純情ボーイなのだ。

「この前自分で言ってたじゃないか。親父さんの旅行のおみやげの軽石でかかとを擦るのがすっごく気持ちがいいって。しばらくは続けようって」

「あっそっかあ」

えへへへってゆうなは笑った。

だけどすぐにまた真剣モードに突入する。

「何か問題を考えなくちゃ。問題問題問題」

「だからゆーな。一体どうしたんだってば」

「まも君！　問題です！」

頭にドがつくぐらい真剣な顔で、ゆうなは言った。

「わたしが机の中に入れてて、毎晩寝る前に必ず見てる物は？」

「あ？」

もぁ
もぁ
ブルブル
ブルブル

「わたしが机の中に入れてて、毎晩寝る前に必ず見てる物は!!」

心中するかのような真剣な瞳《ひとみ》に、マモルは敗北宣言を吐き出した。

「そんなことまでは知らないよ!」

「ほら!」

顔一杯つかって、ゆうなは言った。

「わたしのことでまだ知らないことがあるでしょ! 知り尽くしてなんかないでしょ!」

「まぁ、そうだな」

「わたしだって、まも君のこと全部知らないもん。他《ほか》の人よりは知ってると思うけど、だけど全部じゃないもん。まも君だって、わたしに隠してることの一つや二つあるでしょ?」

「……まぁ〜〜な」

思い当たる節がてんこもりだ。ナナフシにだって負けないくらいにだ。

「でしょ、お互いに知り尽くしてなんかいないんだよ。だから大丈夫だよ」

「何が大丈夫なんだ?」

「だから……だからさ」

ゆうなは途端にもじもじった。

「だからぁあつまりぃそれはぁぁ」

ゆうなが、海底のワカメみたいにくねくねしてた時だ。

一台の大きなバンが、二人の横に止《と》まった。

飛び出して来たのは、数人の男達だ。

しかも、みんなそろってマッチョだった。

「紺若《こんにゃく》ゆうなだな」

一人のマッチョが筋肉で押しつぶされたようなかすれ声を出した。

「そーですけど」

「よし」

ゆうながガシッと掴《つか》まれると車に引っ張り込まれる。

「ゆーな！」

って駆け寄ろうとしたマモルだったけど。

「てめえは黙ってろ！」

もう一人のマッチョの拳《こぶし》が、マモルにガツンと炸裂《さくれつ》した。

マモルはぶっ飛ばされた。

「へへ、可哀想《かわいそう》に。アバラの二、三本は行っちまったか？」

マッチョはへへって笑うと、車に乗り込んだ。

「まもく～～～～～～～～～～～～～～～～ん！」

ゆうなを閉じ込めて、車は走り去った。

「まったく。今度は何だってんだよ」

よっこらしょとマモルは起き上がった。

もちろんアバラなんか折れちゃいない。パンチに合わせて後ろに飛び衝撃を完全に殺してたのだ。

マモルにとっちゃ朝飯前の芸当だ。昼寝してたってこのぐらいは出来る。

その気になれば、その瞬間に相手の腕をなます切りにすることぐらい簡単だったが、ゆうなの目がある手前それは出来なかった。

「さてと」

一息ついたマモルはしゅばっと姿を消した。

少し離れたビルの上に、しゅばってマモルは現れた。

だけど、もうその姿はぼさぼさ頭のぐるぐるメガネ、陰守《かげもり》マモルのものじゃなかった。

闇色《やみ》の忍《しのび》装束。背中の忍者刀。覆面からのぞく瞳《ひとみ》は、普段のマモルからは想像出来ないくらい深く鋭い。

『こんどこそ聞き出さなくちゃな。ど〰〰してゆーなのこと追いかけてるのか』

そう呟《つぶや》くと、マモルはコンクリートの床を蹴《け》飛ばした。

残像を残しマモルの姿は夕暮れの空に消えた。

7

松血代《まっちょ》一家のアジトには、総勢10名のマッチョが集まっていた。

松血代組、筋肉を愛し筋肉に人生を捧げるというよく分からない極道だ。当然、組員は少ない。

だけど一人一人が頭おかしくなるくらい筋肉を鍛えてるのは確かだから、めっぽう強い。いざ、抗争となれば一斉に相手事務所に殴り込む。彼らが去った後には、体中の骨を砕かれた哀れな被害者が横たわるという恐ろしい連中だ。

「へっへっへっへ」

そして、彼らが取り囲む中央には、薬を嗅《か》がされ眠るゆうながこてんと倒れていた。

「なかなかの上玉っすね」

「きっといい音をたてるはずっす」

「興奮して来たっす」

「諸君！」

ひときわマッチョな男が声を張り上げた。

通称、スーパーマッチョマンこと、松血代組組長の、松血代筋之介《きんのすけ》だ。

「我ら松血代組は、この娘の始末を頼まれた。ただし、始末の方法については何も言われなかった。つまり、好きにしてもいいってことだ」

男達から歓喜のおたけびが上がった。

「お前ら！　祭りは好きか？」

「うおおおおおおおおお！」

「プロテインは好きか？」

「うおおおおおおおおお！」

「筋肉は好きか？」

「うおおおおおおおおお！」

「よ〰〰〰し」

マッチョマンは、拳《こぶし》を振り上げて叫んだ。

「筋肉祭りだ！」

「うおおおおおおおおお！」

男達が一斉に服を脱いだ。すっごい食い込んだ色つきブルマ一つになる。

そして、ゆうなを取り囲んだ。

筋肉祭りが行われようとするのだ。

筋肉祭り。それは筋肉組の連中が定期的に行っている筋肉の祝賀会である。

裸になり、一斉に筋肉をおしあいへしあいすることによって、自分の筋肉のみならずいろんな人の筋肉をも堪能《たんのう》出来るという夢のイベントである。

別名、筋肉おしくら饅頭《まんじゆう》。

そして、筋肉祭りの会場に、美女を招き入れることこそ、マッチョ達の夢と希望なのだ。

自分達の筋肉を美女に押しつけたい。押しつけて押しつけてすりつぶしちゃいたい。

そんな恐ろしい筋肉祭りに、ゆうなを巻き込もうとしているのだ。

「よ〜〜し、お前ら準備はいいな」

筋之介《きんのすけ》の合図で、全員が構えた。

祭りの開始の合図がされる、まさにその瞬間だった。

『おとなりを　まもり続けて　400年』

「誰《だれ》だ！」

マッチョ達が辺りを見渡した。

声を発した人物はすぐ近くにいた。マッチョ達のトレーニング器機の上に腕を組み直立していた。

忍者だった。

どこからどう見たって忍者だった。

「なんて格好してんだあいつ」

自分達のことは一番高い棚に置いて、マッチョ達はせせら笑った。

『その娘を返してもらおうか？』

「ふざけんな。生きてここから帰れると思うなよ」

筋之介が筋肉で圧迫された喉《のど》で声を張り上げた。

「最初の祭りの生け贄《にえ》はあいつだ！」

その一言で、マッチョ達が忍者に向かって突っ込んでいく。

「マッチョマッチョマッチョマッチョマッチョ！」

筋肉の波が押し寄せて来るかのようだ。

『しばらく眠ってもらうぞ』

忍者は、背中の忍者刀に手をかけた。

そして、マッチョ達の隙間《すきま》を駆け抜けた。

チン！

涼し気な音をたてて、忍者刀が鞘《さや》に納められた次の瞬間。

ばたばたばたばたばたばたばたばたばたばた！

マッチョ達が一斉に倒れた。

「ほほう」

筋之介《きんのすけ》が目を細めた。

「下っ端《ぱ》ではどうやら相手にならないようだな」

登場シーンから実はずっとやってた鉄アレイを、近くに投げ捨てた。

そして、今度はバーベルを持ち上げた。

「かかって来い！　時代劇かぶれめ！　ぺちゃんこにしてやる！」

振り回したバーベルを忍者めがけてたたき落とす。床板を突き破る。

忍者はバック転でその一撃を避ける。

「うまく避けたようだが次はこうは行かないぜ」

さらにバーベルを振り回そうとするけど……。

「いかん！　ぬ、抜けん！」

床を突き破ったバーベルが引っかかって抜けなかった。

その隙を見逃してくれるほど、忍者はお人良しじゃなかった。

ジュバ！！！


『こ、これは』

うず高く積んだマッチョ達を眺めて、マモルは思わず叫んだ。

『マウンテンマッチョ！』

意味はなかった。ただ言ってみただけだ。

『ま、こんなもんだろ』

軽く鼻を鳴らしたとこで、マモルははっとした。

『しまった、またどうしてゆーなのこと追いかけてるか聞くのを忘れた！』

マウンテンマッチョを登ると、山頂になってる筋之介を掴《つか》み上げる。

『おい、起きるんだ起きるんだってば』

「ん……？」

『よし、起きたな。教えろ！　どうしてゆーなのことを狙《ねら》う？　どーしてなんだ？』

「頼まれた…………上の連中が、まずいもん見られたって……」

『何をだ？』

「とりひき……」

そこで、筋之介《きんのすけ》はがくっとした。完全な意識死亡者になった。

『何の取引を見たんだ？　上の連中ってのは誰《だれ》なんだ？　おい、教えろ！　教えろって』

叩《たた》いたりつねったりくすぐったりひねったり殴ったりぶちのめしたりしたけど、やっぱり目は覚ましてくれなかった。むしろさっきより傷を増やしてしまった。

『ど～～～しよ～～～～もないな』

マモルは、筋之介をまた頂上に押し込んだ。

『ゆーなの奴《やつ》、一体何を見ちまったんだ』

マモルは一人悩んだ。

もちろん答えは出なかった。

8

これまで下りてた黒いカーテンが、ゆっくりと持ち上がっていく。

「あれ？」

目を覚ますと、自分は背中の上にいた。

「まも君」

「お、ゆーな。起きたのか？」

ゆうなを背負って歩いてたマモルは、肩越しに振り返った。

「まも君！　大丈夫なの！」

「大丈夫って、何がだ？」

「何がじゃないよ。すっごくマッチョな人にお腹《なか》をパンチされちゃってたでしょ」

「は？」

マモルは、心底分からないって顔つきでゆうなを見た。

「何を寝惚《ねぼ》けてるんだ？」

「何を寝惚けてるって……あれれ、わたし確かマッチョな人達に捕まって車の中に押し込まれたはずなのに。ど〜〜〜して」

「ゆーな。やっぱ疲れてるんじゃないのか？　お店でもトイレで倒れてたって言うし」

マモルは手短に説明した。

「二人で帰ってる途中で、ゆーなが気分悪いって言うから近くの公園に行ったんだろ。そしたらそこのベンチでぐったりしちゃって。しばらくたってもまだ少し気分悪いって言うからこうやっておんぶして帰ってる途中なんだ」

「そ〜〜〜なの？」

「そ〰〰だよ。変な夢でも見てただけだよ」

「夢……」

「そーそー、夢夢」

「な〰〰〰んだ、夢だったのか。良かった」

ゆうなはホッと息を吐き出した。

本当に単純で助かる。

心の中で、マモルはゆうなに両手を合わせた。

「まも君、もう下ろしてくれていいよ」

「もう少しだから。家までおんぶしてってやるよ」

「そんな、疲れちゃうよ」

「いいから、休んでなって」

「………ありがとね」

それから、ゆうなは嬉《うれ》しそうに言った。

「まも君の背中って、思ったより大きくてがっちりしてるんだね」

「……みんなこんなもんだよ」

もうすぐ二人の家のある通りだって時だった。

マモルが口を開いた。

「なぁ、ゆーな。ちょっとつまんないこと聞くんだけどさ」

「何？」

「最近、へんな取引現場見たとかしなかったか？」

「へんな取引現場ってな〰〰に？」

「何て言うか？　その、麻薬とか拳銃《けんじゅう》とか、とにかくいかがわしいもん」

「まも君何言ってんの。そんな恐《こわ》いの見る訳ないじゃん」

ゆうなは、くすくす笑った。

「そ〰〰〰だよな。そんなもん見る訳ないよな」

「訳ない訳ない。そんなテレビドラマじゃないんだから」

しばらくくすくす笑ってから、ゆうなはあっと声を上げた。

「あ、うどん粉なら見たかな」

マモルは足を止《と》めた。

「あんですか？」

3年B組の金八《きんぱち》先生みたいに尋ねる。

「だからね、うどん粉だったら見たよ。こううどん粉の入ったアタッシェケースをちょっと恐い顔した人が持ってたよ。きっとすっごい高級品のうどん粉だったんだね。あ、もしかしたらかたくり粉かも。葛粉《くずこ》って可能性もあるよね。この前テレビで見てたんだけど、京都の山奥に幻の葛があるんだって。その葛粉ってちょっと掌《てのひら》に乗っけるぐらいでも一万円とかするんだよ。すっごいよね。葛餅《もち》作って食べてみたいよね」

なんとなく、真相を悟ってしまったマモルは、頭痛ってやつを覚えた。

「ねえ、うどん粉だったのかな？　かたくり粉だったのかな？　葛粉《くずこ》だったのかな？　まも君はどれだと思う？」

今世紀最大の頭痛を我慢しながら、マモルは搾り出すように答えた。

「多分、どれも違うと思うぞ」

「そっかな〜〜〜〜」

しばし悩んでから、ゆうなは叫んだ。

「あ、粉ミルクって可能性もあるか」

もう何も言えなかった。

9

「何だと！　あの松血代組《まっちょ》が全滅！」

火堂左衛門《ひどうざえもん》が吠《ほ》えた。

「はい、そ〜〜〜と〜〜〜〜ひどくぶちのめされてましして。完治するには5、6年はかかるんじゃないかと」

「あの、人間戦車部隊とまで言われる松血代組がやられるなんて。一体どういうことなんだ！」

「うわ言でこう言ってるそうです」

組員は、唇を嘗《な》めてからその言葉を口にした。

「忍者にやられた……と」

「そっか、にんってのは忍者のことだったんすね。な〜〜〜んだ、妊婦さんじゃなかったんだ」

正解が分かって喜ぶ若い組員に、火堂左衛門は拳銃《けんじゅう》を突きつけた。

引き金が引かれるよりも早く、若い組員は部屋を飛び出した。

「いかがいたしましょうか？」

火堂左衛門は少し考え込んでから、おごそかに言った。

「奴《やつ》らに連絡を入れるんだ」

「奴ら？」

「けだもの一家だ」

その言葉に、組員は青ざめた。

「そんな組長。それだけはいくら何でも。そりゃ確かに奴らは金さえ払えばどんな殺しだって引き受けますが。あまりにその方法が」

「いいからやるんだ！」

火堂左衛門が拳銃を引き抜いたもんだから、組員は分かりました！　って叫んで部屋を飛び出した。

「けだもの一家か……」

火堂左衛門《ひどうざえもん》は葉巻を銜《くわ》えると、その拳銃《けんじゅう》型ライターで火をつけた。

そして、下卑《げび》た笑みを浮かべ言った。

「可哀想《かわいそう》な娘だな。あのけだもの達の餌食《えじき》になるなんて」

果たして、けだもの一家とはどんな一家なのか？

ゆうなはけだもの達の餌食にされてしまうのか？

次回に続く。

第③話　けだもの王国へようこそ

1

東京の外れに、その動物園があった。

『毛田桃《けだもも》王国動物園』

そんな看板がかけられている。

それなりに大きく、いろんな種類の動物達が暮らす動物園。

その地下に、隠された事務所があった。

観葉植物が生い茂っていた。鳥だってばさばさやってるし、壁にはトカゲだって張り付いてる。まるでジャングルだ。

「おお、よしよし」

肩に飛び乗って来た一匹の猿を、男はよしよしと撫《な》でた。

男の名前は、毛田桃五郎《ごろう》。この毛田桃王国動物園の園長だ。

人々からはケダゴロウさんと呼ばれ慕《した》われてる優しい園長さん。

しかし裏の顔は、動物を使い殺しの仕事をこなす暗殺集団、けだもの一家の総元締めなのだ。

「さて、集まりましたか？」

ケダゴロウさんは、メガネの奥の瞳《ひとみ》を細めた。

「コブラの鈴木さん」

「は！」

「ダチョウの渡部さん」

「ここに」

「スカンクの森藤さん」

「ひかえてます」

「ゴリラの名越さん」

「おいっす」

「クマの奥村さん」

「あっはっは」

「イリエワニの浜さん」

「いるぜ」

「カンガルーの茶谷さん」

「あいさー」

「アルマジロの斎藤さん」

「はーい」

「ヤンバルクイナの松田さん」

「くくく」

「プレーリードッグの福井さん」

「今日の一発ネタ。えるびすぷれーりー」

総勢10名の人影が並ぶ。

でっかいのからちびっこいの。細いのから太いのまでよりどりみどりだ。

「よろしい、全員集まったようですね。親愛なる影の飼育係の皆さん」

影の飼育係達を前にし、ケダゴロウさんは満足気に頷《うなず》いた。

「実は、昨日の夜。極悪《ごくあく》組の組長さんから、仕事の話がありました」

肩に乗っけた猿をなでながら、ケダゴロウさんは言った。

「女子高生を一人、始末して欲しいとのことです」

空気が動いた。影の飼育係の皆さんが薄く笑ったのだ。

「その仕事、ぜひこの奥村に」

「いや、クマなんぞを連れ出して、見つかったら大変だ。ここはやはり鈴木がコブラで」

「何を言う。こんな時こそスカンクの出番だ」

「黙れ森藤！　この渡部のダチョウを忘れるな」

「俺《おれ》のワニでいちころだぜ！」

「カンガルーだ！」

「えるびすぷれーりー！」

騒然《そうぜん》とする事務所内部、ケダゴロウさんは笑いながら言った。

「心配いりませんよ。わざわざこちらから出向かなくとも獲物は向こうからやって来ます。すでに手は打っておきました」

「さすが園長」

「ふっふっふっふ、次の日曜日が楽しみですねえ」

ケダゴロウさんは含み笑いを浮かべながら、猿の背中を撫《な》でた。

それが気にいらなかったのか、猿はウキ〰〰って言ってケダゴロウの顔を引っ掻《か》いた。

血をだらだら流しながらも、ケダゴロウさんの笑顔は変わらなかった。

強敵の出現だった。

2

金曜日の夕方。

小鐘井《こかねいし》市を流れる『ぬ川』の河川敷《かせんじき》のとこに、マモルはいた。

足下には、ブルテリアのぶる丸がいた。ふわぁって欠伸《あくび》してる。

「よ〰〰し、ぶる丸。こいつを取って来るんだぞ〰〰〰」

よく川原で見られる光景だ。

もっとも、握り締めてるものが手裏剣じゃなければの話なのだけど。

「よし、行くぞ」

マモルは振りかぶると、手裏剣を思い切り打ち出した。おかしいくらいの勢いだ。

「よし、行け！」

「バウ」

ぶる丸が吠《ほ》えた。そして地面を蹴《け》飛ばした。

走ってる足が見えないくらいの速度で突っ走る。まるでロケットのようだ。

しゅばってぶる丸の姿が揺《ゆ》らいだ。

次の瞬間、空中の手裏剣を口で受けとめてるぶる丸の姿があった。

さらに、体を回転させるとその手裏剣をマモルめがけて投げ返す。

飛んで来た手裏剣を、マモルは指先で受けとめた。

ちなみに、その時すでにぶる丸は足下に戻って来てた。

「よし、ウォーミングアップはこんなもんだな」

うんうんって頷《うなず》くと、マモルはポケットから苦無《くない》を引っこ抜いた。その数、八本。

「全部違う方向に投げるからな。ちゃんと取って投げ返すんだぞ。いいな」

マモルが八本を指の間に挟みかまえた時だ。

ぶる丸がバウって吠えた。

マモルは一瞬にして苦無《くない》を引っ込めた。変わりに手にしたのはよくあるフリスビーだ。

「まもく〰〰〰ん！」

土手を駆け降りて来たのはゆうなだった。

「やっぱりここだったんだ」

とかなんとか言いながら、今にもつまずきそうな足取りでやって来た。

そしてつまずいて転んだ。

「あはっは、またやっちゃった」

笑いながら立ち上がるとぱんぱんって膝《ひざ》のとこはたく。

転びなれてるからど〰〰〰ってことないのだ。

「まもく〰〰〰〰ん」

危なっかしい足取りながらも、なんとかマモルのとこへとたどり着くゆうな。

そして、世界で一番幸せって顔でポケットから引っ張り出した封筒を突き出した。

「じゃ〰〰〰〰〰〰ん！」

中の紙にはこんなことが書かれてた。


『拝啓、紺若《こんにゃく》ゆうな様』

あなた様はこの度、当動物園の10周年記念、特別抽選会にて見事に当選されました。

賞品として、当動物園の無料招待券をさしあげます。

ぜひお友達といらしてくださいませ。

スタッフ一同、心よりお待ちしております。

毛田桃《けだもも》王国動物園園長
毛田桃五郎《ごろう》

「すごいでしょ！　当選だよ当選！」

えっへんってするゆうなだったけど、マモルはものすごくいぶかしげに目を細めた。

「ゆーな。この動物園行ったことあるのか？」

「行ったことないよ。さっき封筒見て初めて知ったんだもん」

「じゃあ、どうしてゆーなが当選するんだ？　この動物園行ってアンケートでも書いたことがあるってなら分かるけど」

「う〰〰〰〰〰ん、よく考えたらそうだよね。応募もしてないのに当選っておかしいよね」

普通の人がすぐに疑問に思う部分を、ゆうなはマモルに言われてやっとこさ気がついた。

さすが、国宝級の天然だ。そこらの天然とは一味も二味も違う。

しばし考えてからゆうなは口を開いた。

「小学校の時にさ、動物タオルが欲しくて応募したことがあるんだけど、その応募ハガキがこっちに回されたのかな？」

「300パーセント違うと思うぞ」

一も二もなく、マモルはぶった切った。実際、一も二もないんだからしょうがない。

「う〜〜〜〜ん、ならどーしてだろ」

ゆうなはまた悩み出した。ほっとくと悩みすぎて頭から煙が出てきそうだから、マモルは言ってやった。

「きっと何かの間違いってやつだろ」

「そっか、間違いか」

ゆうなは途端にがっくりと肩を落とした。

「送り返した方がいいのかな？」

「別にい〜〜だろ。招待券の一枚や二枚」

「だったらさ、だったらさ」

急《せ》き込んで、ゆうなは言った。

「明日行かない？　この動物園に」

「え？」

「行こ〜〜よ。せっかくなんだからさ。無料招待券が使えたらラッキーだし、もし使えなかったらそん時はお金払えばいいよ」

「動物園ね〜〜〜〜」

「行こーよ行こーよ」

ハッキリ言って気乗りはしなかった。

だけど、ゆうながもし行くって言ったら一人で行かせる訳にはいかない。

陰から守る。

それが陰守《かげもり》家の掟《おきて》だ。

「分かったよ」

「決っまり〜〜〜〜〜〜〜〜。それじゃ、明日の朝九時ぐらいに迎えに行くからね。あ、お弁当の準備しなくちゃ。おにぎりの中身は何にしよ。あ、太巻きといなり寿司《ずし》も作らなくちゃね。それからえ〜〜〜っと。あ、買い物に行かなくちゃ。それじゃあね」

最後にぶる丸の頭をなでなでするど、ゆうなは土手を駆け登って行った。

そしてまたこけた。

「ありゃ〜〜〜〜〜〜病気だな」

苦笑してからマモルは、足下のぶる丸を見下ろした。

「さ、修業の続きを……」

ぶる丸はだらだらヨダレ流してた。

「お前、いなり寿司って言葉に反応したな」

しょ〜〜〜がね〜〜〜な〜〜〜〜犬のくせにって、マモルは苦笑した。

「いなり寿司が大好物だなんて。お前も変わった犬だよな」

そんなことよりも手裏剣を口で受けとめて投げる方がよっぽど変わってるけど、それを言っちゃ身も蓋《ふた》もなくなるから目をつむる。

「さ、続きだ。せっかくだからフリスビーで一回やってみるぞ」

マモルはフリスビーを投げた。ごく自然にふんわりとだ。少し訓練した犬なら取れる程度だ。

だけど、マモルは言った。

「よし、ぶる丸。下から行け」

ぶる丸はいきなり地面を掘り出した。あっという間にその姿は地面に消える。

もこもこもこもこもこもこって、盛り上がった地面が蛇のようにフリスビーを追いかける。そして、ぶる丸が飛び出した。

「バウ！」

フリスビーをキャッチした。アホだけどすごい芸当だ。

「うん、土竜《もぐら》の術はまあ合格ってとこだな」

戻ってきたぶる丸の頭を、マモルはぐりぐりと撫《な》でた。

「せっかくだから水走りもおさらいしとくか。いいか、川の向こうに投げるからな。ちゃんと走るんだぞ。足が沈む前に次の足を出すのがポイントだからな」

動物愛護協会が卒倒《そっとう》しかねない光景は、それからしばらく続いたのだった。

3

そして、翌日の朝。

「やっほ～～～～、こっちこっち」

駅で思い切り両手を振り回してる愛里《あいり》の存在に、マモルは不幸ってのを感じた。

「や～～～～ん、ゆうなってばその服かわいい！」

「そうかな？　おでかけ服で来たんだ。おかしくない？」

「全然ちっともこれっぽちもおかしくないわ。もしそれをおかしいって言う奴《やつ》がいたら愛里が穴に埋めて上からコンクリート流し込んでやるわよ」

熱っぽく語ってから、愛里は視線をマモルに向けた。

「ど～したの？　正露丸《せいろがん》でも奥歯でかみ潰《つぶ》したような顔してるけど」

「沢菓《さわがし》も一緒だったのか？」

「何よ、あたしが来ちゃいけないって理由でもあるわけ？」

愛里は唇を尖《とが》らした。

「あ、言い忘れちゃった。昨日、夜に愛里から偶然電話があってね。それで今日のこと話したら動物園来たいって言うから、それじゃ一緒に行こうってことになって。あ、切符買いに行こ」

券売機にぱたぱたかけていくゆうな。

愛里がマモルを睨《にら》み上げ言った。

「ゆうなと二人っきりで出かけるなんてこの愛里《あいり》が許さないわよ。何か間違いが起こったら大変だからね」

「はあ？」

「あんたみたいに何考えてるか分かんないような奴《やつ》がむっつりスケべってのはよくある話なのよ。用心に越したことないのよ。そのぐるぐる渦巻きビン底メガネの下に何隠してんだか分かったもんじゃないから」

確かに、このメガネの下にはとんでもないもんを隠してる。忍者陰守《かげもり》マモルっていうもう一つの姿だ。

ちょっとばかし痛いとこもあって、マモルは言葉を飲み込んだ。

だもんで、愛里は勝ち誇ったように笑いを響かせた。

「ほっほっほ、反論出来ないでしょ？　ねえ、何か言ってみなさいよ」

サディストの素質があるようだ。

マモルは心に誓った。

来年の組み分け儀式の時は、こいつの札だけ抜き取って重りつけて池に沈めてやる。絶対にだ！

「ほら、二人とも何やってるの？　早く行こうよ！」

改札口の前でゆうなが手を振ってる。

「は〜〜〜い、今行くぅゆうな！」

猫の喉仏《のどぼとけ》を撫《な》でるような声出して、愛里がすっ飛んで行った。

「やれやれ」

マモルは首を振った。だけど、待てよって思う。

「よく考えれば、これはラッキーなのかもしれんぞ」

ゆうなの相手を愛里がしてくれれば。自分はただぶらぶらしてるだけでいい。

それなりにのんびりとした日曜日が過ごせそうだ。

「まさか動物園だからって動物に襲われることはないだろ」

うんうんって頷《うなず》いて、マモルは券売機へと足を向けた。

4

「へ〜〜〜〜〜、名前も聞いたことなかったからどんなとこかと思ってたけど……ちゃんとした動物園じゃない。でっかいキリンとかもいるし」

「わ〜〜〜〜い、キリンキリン」

「てっきり草食動物ばっかのほのぼの動物園かななんて思ってたけど、ちゃんとライオンとか肉食動物もいるわ」

「わ〜〜〜〜い、ライオンライオン」

「お客もそこそこは入ってるし」

「わ〰〰〰い、お客さんお客さん」

「子供も多いわね」

「わ〰〰〰い、子供子供」

「あ、蝶《ちょう》々が飛んでる」

「わ〰〰〰い、ちょうちょちょうちょ」

「いや、誰《だれ》？　こんなとこにガム捨てたの。愛里《あいり》踏んじゃった」

「わ〰〰〰い、ガムガム」

「あのなぁ」

ゆうなの後ろで、こめかみの辺りに鈍い重りを感じながらマモルは言った。

「何でもかんでもはしゃげばいいってもんじゃない」

「ごめんね。すっごく久しぶりの動物園で嬉《うれ》しくて嬉しくて」

そんじょそこいらの子供よりも子供っぽい表情を浮かべて、ゆうなが飛び跳ねる。

「ゆうな。こっちにサルがいるわよ。サル」

「わ〰〰〰いおサルさん」

ゆうなはひょこひょこ跳ねてった。

小学校の先生になったような気分が、ちょっとした。

「アホル！　写真撮って写真！　愛里とゆうなの友情のあかしを」

押しつけられた使い捨てカメラを、マモルは適当にパシャってした。

「よし、それじゃ次はどっちに行こうかな」

分れ道できょろきょろ辺りを見渡したゆうなは、あって声を上げた。

「見て見て、スネークハウスだって。見に行こ見に行こ」

ぱたぱたとゆうながかけて行く。もちろん愛里もその後ろにくっついて行く。

「のんびりって訳には行きそうもないな」

ため息一つ吐き出すと、マモルは蛇のレリーフの飾られたその建物へと足を向けた。


「スネークハウスへと向かいましたね」

物陰から三人を監視してたケダゴロウさんが、けたけたけたって笑った。

「その屋敷は、コブラの鈴木さんのエリア。恐怖のヘビ地獄です。生きてそこから出てくることは出来ませんよ」

不敵な笑みを浮かべながら、ケダゴロウさんは猿の頭を撫《な》でた。

やっぱり気に入らないのか、猿はケダゴロウさんの顔を引っ掻《か》いた。

血がだらだらと流れた。

だけどケダゴロウさんはその笑みを崩さなかった。

「お〰〰よしよし」

「うきゃきゃきゃきゃ」

「よしよし」

「うきゃーきゃきゃきゃきゃ」

「よ〰〰〰しよしよしよしよしよし」

やっぱりタダもんじゃなかった。


建物の中はヘビで一杯だった。通路の両脇《わき》にガラスケースに入ったヘビの皆様がにょろにょろしてる。

「すっごいね。いろんなヘビさんがいるよ」

「本当ね。見てゆうな。このでっかいヘビ。豚ぐらい丸呑《の》みにするわね。きっと」

「うわ〰〰〰〰〰〰、すごい太い体」

「こんなの見ると思わず想像するわ。巻き付かれて悲鳴を上げてるアホルの姿を」

「勝手に人の窮地《きゆうち》を想像してるんじゃないよ」

マモルはぶすっとして言った。だけど聞いちゃいなかった。

「うわ、こっち見てよ。これってコブラだよ。すごい毒ヘビだよ毒ヘビ。うわ〰〰〰、しゃーしゃー言ってるよ」

「ガラス板があるから大丈夫よ。でもこんなの見ると想像しちゃうわね。噛《か》まれて苦しむアホルの姿を」

「だから、勝手に人の窮地を想像するなって」

そんな三人の姿を、静かに見つめる影があった。

見たところ、掃除用具をぶら下げた飼育係さん。だけどその実体は違う。

影の飼育係、コブラの鈴木さんだ。

これまで、この毒ヘビ達を使って殺した相手は数知れず。

そんな恐ろしい奴《やつ》だ。

「はしゃいでいられるのも今のうちさ。このスイッチを押せば」

鈴木さんは、壁の一部分に手をかけると、そこがぱっかりと開く。たくさんのスイッチが並んでた。

「毒ヘビ達のケージがぱっかりと開く。そしてエサ抜きで気の立ってる毒ヘビ達が目の前の動く物に飛びかかるって訳だ。ひっひっひっひっひ」

気味の悪い笑いを響かせてから、鈴木さんは目を細めた。

「いい感じにコブラ達がざわめいてるな。よし」

鈴木さんはコブラって書かれたスイッチに指を伸ばすと、そのボタンを押した。

しばらく待った。

悲鳴は聞こえてこなかった。

「え？」

鈴木さんがそっと首を伸ばす。

「なんかヘビばっか見てたら鳥肌立ってきちゃったわ。次行こ次」

「ねーねーまも君。ヘビもやっぱりむちうちになるのかな？　玉突き事故とかすると」

「ヘビは玉突き事故しないんじゃないか？　普通」

なんてこと話しながら、標的らは展示コースをぐるっと回って出入り口から出て行く所だった。

もちろん、コブラのケージは開いちゃいない。

「故障か？」

鈴木さんはケージの前に向かった。


にしてもびっくりしたなぁ。

心の中で、マモルがぼそっと呟《つぶや》いた。

いきなりガラスの板がすとんって下におっこちるんだもんな。慌《あわ》てて押さえて忍者糊《のり》でくっつけといたけど。もし一歩遅れてたらコブラが逃げ出してたよ。

と、ゆうながあって素《す》っ頓狂《とんきょう》な声を上げる。

「あ、パンフレット落としちゃったかも。ちょっと待ってて。見てくるから」

ゆうなはぱたぱた靴を鳴らしてスネークハウスに足を踏み入れた。

パンフレットは少し進んだ先に落っこちてた。

「畳んでポケットに入れようとした時に落としちゃったんだね」

パンフレットを拾い上げる。と、ゆうなはすぐ目の前に並ぶボタンに気がついた。

「何だろ？　このボタン？」

一つ一つのボタンの下に、なんか字が書いてある。

コブラ、ハブ、ブラックマンバ、トゲクサリヘビ、ボールパイソン、ブラックキャットスネーク。

「分かった、ボタン押すと説明のアナウンスが流れるって奴《やつ》だね」

自分勝手にそう判断すると、ゆうなはコブラのボタンをぽちっと押した。

説明の声は聞こえなかった。

もう一回ぽちっと押した。

やっぱり説明はなかった。

他《ほか》のボタンをぽちぽち押した。全部押した。

それでも説明はなかった。

「なんだ、故障してるのか」

つまらなそうにそう言うと、ゆうなはスネークハウスを出た。

「ぎゃあああああああああああああ」

何かすごい悲鳴が後ろから聞こえて来たけど、ゆうなはそんなに気にしなかった。

「ねーねー次はダチョウ牧場に行こうよ。こっちだよ」

こうして、第一の影の飼育係、コブラの鈴木さんは毒ヘビ達の餌食《えじき》になった。

「まさか、コブラの鈴木さんが失敗するとは。予想外の展開でしたね」

相変わらず血だらけで猿と戯《たわむ》れながら、ケダゴロウさんは言った。

「だけど、次はそうは行きませんよ。ダチョウ牧場は、影の飼育係、ダチョウの渡部さんの城。あなた達に明日という文字はありません」

今日が人生最大の厄日《やくび》だってことに、ケダゴロウさんはまだ気がついてなかった。

5

柵《さく》に囲まれた広場に、たくさんのダチョウがたむろってた。

「わ〜〜〜い、ダチョウダチョウ」

手放しでゆうなが喜んだ。

「せっかくだから乗ってみたいよね。乗せてくんないかな？」

「ダチョウに乗せてもらえる訳ないだろ？　そんな、馬じゃあるまいし」

『乗ダチョウ。一周５００円』

「まじで?」

マジだった。

よく見ると、ダチョウに乗って芝生をぐるっと回っている人の姿だってある。

「どうだい、お嬢ちゃん達も乗らないかい?」

背の高いおじさんが声をかけて来た。動物園の人だ。

「お嬢ちゃん達なら特別に無料でいいよ」

「本当に!」

ゆうなが早速飛びついた。

「はーい、やるやる乗るわたし乗りたい!」

「よしよし、それじゃとっときのダチョウを連れて来てあげるからね」

おじさんは、群れてるダチョウに足を進めると、9番って番号札のダチョウを連れて来た。

係員さんの指示に従ってさっさとダチョウの背中にまたがると手綱《たづな》を握る。

「軽く足でダチョウの脇腹《わき》を蹴《け》飛ばしてごらん。すぐに歩き出すから」

「こうですか?」

ゆうながポンってダチョウの脇腹を蹴飛ばした。

「ダメダメ。もっと強く」

「これぐらいかな」

「もう一声！」

「それじゃ、これぐらい」

バスって蹴飛ばした。

「ダメダメ。これぐらいじゃなきゃ」

渡部さんは、動物用のムチを手にした。

「えい！」

ダチョウの脇腹をしばく。

ダチョウの目がキュラーンって光った。

「アキょ〰〰！」

一声いななくと、ダチョウはすっ飛んで行った。

華麗に柵《さく》を飛び越え、ダチョウはすっ飛んで行った。

へっへっへっへっへ。

揺《ゆ》れるダチョウの尻尾《しっぽ》を見送りながら、影の飼育係、ダチョウの渡部さんは心の中で笑みを浮かべた。

ナンバー9のダチョウには、この先にある渓谷《けいこく》で乗ってる人間を振り落として来るよう調教してある。戻ってきた時にはもう小娘はいないって訳さ。

そのはずだった。そう信じて疑ってなかった。

だけど、戻ってきたダチョウの背中には、興奮で頬《ほお》をピンク色に染めたゆうながしっかり乗ってた。

「ぬわに!!!」

渡部さんは驚愕《きょうがく》した。

「お、お嬢さん。もう一周いかがかい?」

「本当? じゃあもう一周しちゃおっかな?」

ダチョウがもう一度旅立った。

やっぱり戻ってきた時には、ゆうながしがみついてた。

「ぜひ、もう一度!」

三度目の正直とばかりに送り出すけれど……。

「わーい」

やっぱり一緒に戻ってきた。

「あ~楽しかった。愛里《あいり》もどう?」

「愛里はいいわ。服が汚れちゃいそうだから」

「ふ~~~~ん、それじゃまも君。あれ? まも君は?」

「ゆうなが旅立ってすぐに、トイレとか言ってこそこそ出かけて行ったけど」

噂《うわさ》をすれば何とやら。マモルがひょこひょことやって来る。

「あ、まも君もどう? 乗らない?」

「僕はいいよ。見てるだけで十分」

「そうよね、あんたなんか乗ったら一発で振り落とされて、それで頭打って終わりだもんね。運動神経0《ぜろ》もしくはマイナスなんだから」

「うるさいやい」

「それじゃ、次行こ。おじさん。ありがとうございました」

ゆうなはよいこらしょっとダチョウから下りた。

その時、足がひっかかって番号札が落っこちてしまった。

「いけないいけない」

ゆうなは慌《あわ》てて拾い上げると、番号札をダチョウにくっつけた。

ゆうな達が去った後でも、渡部さんはまだ呆然《ぼうぜん》としてた。

「一体どうして？」

渡部さんはダチョウに目を向けた。

そして、6番って番号札に気がついた。

「何だよ。俺《おれ》が9番と6番と間違えたってだけか」

渡部さんは舌打ちした。

ここでしくじったら他《ほか》の影の飼育係達の笑い物になってしまう。

まだ標的は牧場内にいる。まだ間に合う。

「よし」

渡部さんはダチョウに飛び乗った。

「少し強引だが、ダチョウで蹴《け》り殺してやる！」

力一杯、脇腹《わきばら》を蹴飛ばした。

「行け〰〰〰〰！」

ダチョウがきゅぴーんって瞳《ひとみ》を光らせた。鼻息を荒くすると一気にすっ飛んでいく。

ゆうな達とは反対方向に。

「こら、どこに行く。こらそっちは崖《がけ》だ。どうして6番のお前がそんな道を知って、こらぁぁ」

二人目の影の飼育係、ダチョウの渡部さんは、崖の下に消えていった。

「ん？　何か悲鳴が聞こえなかった？」

ゆうなが足を止《と》めた。

「気のせいでしょ。何も聞こえなかったわ」

「そっか、気のせいか」

愛里《あいり》が言うなら間違いないよねってゆうなは歩き出した。

「でもすっごくスリルあって楽しかったな。ダチョウに乗るのって」

喜んでるゆうなに、マモルは苦笑した。

そして思った。

それにして、あのダチョウ。教育がなってなかったぞ。道なんかないような藪《やぶ》に突っ込もうとするんだもんな。僕が苦無《くない》を投げてやんなかったら今頃《ごろ》ゆーなの奴《やつ》すり傷だらけになってたぞ。念のため追いかけておいて良かった良かった。

「さ、次はどこに行こっか？　まも君」

「そろそろメシにしないか。何か腹減っちゃって」

「そっか、それじゃこの中央広場に行こ。芝生の上でご飯食べるって気持ちいいよ。きっと」

「まさか、ダチョウの渡部さんまでもが失敗するとは………」

相変わらず猿に頭をかじられながら、ケダゴロウさんは言った。

「だけど、次で終わりです。楽しい昼食が一瞬にして地獄へと変わる様を、とくと味わって下さい！　中央広場には影の飼育係が二人もスタンバっているのですからね」

「うきゃきゃ」

「お〜〜よしよしよしよし」

「うきゃ！」

「よしよしよしよしよしよし」

6

「早起きして作ったんだよ」

そう前置きして、ゆうなは巨大タッパーの蓋《ふた》を開けた。

「じゃじゃ〰〰〰〰〰ん」

特大の効果音もオマケにくっつけて。

鳥のからあげにミートボールにタコさんウインナーソーセージ。エビチリにエビフライ。ミニハンバーグに白身魚のフライ。うずらの卵とアスパラをハムで巻いて爪楊枝《つまようじ》に刺して焼いた奴《やつ》。ミニチヂミ。じゃがいものころころボール。あとカマボコ。

隣のタッパーにはお握りが仲良く押しくら饅頭《まんじゆう》してた。さらにもう一つのタッパーには巻寿司《ずし》といなり寿司だ。

なかなかどうして立派な弁当だ。

「愛里《あいり》だって作って来たわよ。大好きなゆうなに食べて欲しくて」

愛里のタッパーも開かれた。

…………ぱっと見何の料理だか分からない料理達がぐちょっと並んでた。

「きっとエイリアンってこういう所から生まれるんだろうな」

「だしゃ――――！」

愛里は、マモルの口に親指を突っ込むと、そのまま左右にび〰〰〰って引っ張った。

「人が一生懸命作って来たものにこの口はそういうこと言うわけ？　言うわけ？」

「あがあがががががががが」

なんとか拷問《ごうもん》から逃れると、マモルは自分のリュックを引き寄せた。

「一応、母さんが皆で食べなさいって作ってくれたの持って来たんだ」

よっこらしょっとリュックの口を開けた。

白と茶色のぶち模様が見えた。

マモルは何事もなかったようにリュックを閉じた。

そして目頭を押さえた。

「ど〰〰〰したの？　まも君？」

「いや、何て言うか……ちょっと違うものが見えちゃって。幻覚かな？」

もう一度、マモルはリュックを覗《のぞ》き込んだ。

残念ながら幻覚じゃなかった。

「ごめん。ちょっと失礼」

マモルは二人にそう告げると、リュック抱えて遠くへ離れた。

そして、険悪ってバターをたっぷりと塗りたくった声で言った。

「おい、ぶる丸。そこで何をしてるんだよ」

白と茶色のぶち模様がリュックからひょこっと頭を出した。

そのままころんと転がり出ると、ばきばきと体を鳴らして立ち上がる。

縮身の術を使ってたのだ。

体中の関節を外し折りたたみ、よりコンパクトになってしまうというすごい技なのだ。

別名、世界びっくり人間ショーの術。

「とにかく、さっさと帰るんだ。お前なら楽に家まで帰れるだろ」

ぶる丸は潤《うる》んだ瞳《ひとみ》でマモルを見上げると、悲しそうにくーんって鳴いた。

道端で見つけたら思わずメロメロになって抱きしめたくなってしまいそうな瞳だ。

もしペットショップだったら、ボーナスまで待てずに買っちゃうことだろう。

だけどマモルはメロメロにならなかった。

これが演技だってことは分かり切ってたことだ。

陰守《かげもり》ぶる丸。何の因果か陰守家に拾われ忍犬としての修業を積んだブルテリア。

お手やお回りやちんちんを覚える前に、死んだフリとか関節の外し方とか手裏剣の投げ方とかをたたき込まれた。

そ〰〰ゆ〰〰〰とんでもない犬なのだ。

だから、目をうるうるさせてクンクン鳴いてみせることなんて朝飯前なのだ。

マモルには通じないってことを悟ったぶる丸は次なる手段に出た。

ズバリ、別の人間にアピールだ。

「あ、ぶる丸ちゃんだ！」

ゆうなのとこまで飛んでくと、ぶる丸はさっきの瞳をした。く〰〰んって鳴いた。

もちろん、ゆうなはさっさとメロメロになった。

「おいでおいでおいで。一緒にお弁当食べよ」

「バウ」

「まも君に連れて来てもらったんだ。でもどうやって……」

ゆうなはふと考え込んだ。

だけど考えるのは止《や》めた。

そんなことど〰〰でもい〰〰かって思ったのだ。

「さ、ぶる丸くんの好きないなり寿司《ずし》だよ」

「バウ」

ぶる丸は、ばくばくといなり寿司を頬張《ほおば》った。

「ぶる丸のやつ、いなり寿司が食べたくてついて来たんだな」

マモルはフンって鼻を鳴らした。

「にしても、ここまで僕に気がつかせなかったってのは正直驚きだな。あいつ腕を上げやがって」

「まもく〰〰〰〰〰ん。早く来ないとなくなっちゃうよ〰〰〰〰」

ゆうなが手を振るのが見えた。

「ほ〰〰〰い」

そう返事して、マモルは歩き出した。

わきあいあいと食事をする3名の若者と一匹のブルテリア。

そんな光景を、茂みの中から見つめる影があった。

もうしつこいから紹介しなくてもいいかもしんないけど一応紹介しておく。

毛田桃《けだもも》王国動物園、影の飼育係、スカンクの森藤さんだ。

「ひょっひょっひょひょっひょ。わきあいあいとしてるのも今のうちだけさ。すぐにお前達は地獄を見るんだからな」

森藤さんの手に握られているのは、何やらもぞもぞ動く白い袋だ。

森藤さんはとっても説明口調に言った。

「この中には、特別に選び抜いた必殺スカンクが入ってる。直撃すればあまりの強烈さにショック死してしまう程《ほど》だ」

最高にしょーもないけど、すげー恐ろしい生物兵器だ。

「この袋を開けた時、それが貴様の最後だ」

そう世の中うまく行かないってことを、森藤さんは分かってなかった。


「行くよ〰〰。ぶる丸ちゃん」

ゆうなが木の棒を持ち上げると、えいって投げた。

ぶる丸はひょこひょこ飛んで行くと、木の棒を拾ってくる。

「えらいえらいえらい」

ゆうなはぐりぐりぶる丸を撫《な》でると、また棒を握り締めた。

「今度は少し遠くへ投げるよ」

宣言した通り、棒は少し遠くに投げられた。

ぶる丸もひょこひょこ走る。

「ゆうなも好きよね。動物園に来てまでアホルんとこの犬にサービスしなくてもいいのに」

「どっちがサービスしてるかは分からんがな」

「え？」

「何でもないよ。何でも」

マモルは肩をすくめて見せると、口にホネ付き肉を押し込んだ。

「ねえ、アホル」

少しだけ遠くを見つめて、愛里《あいり》が口を開く。

「やっぱりさ、ゆうなと二人っきりで来たかった訳？」

「は？」

「ゆうなと二人っきりで来たかった訳？」

よく意図が分からない質問だけど、マモルは答えた。

「ゆーなと二人っきりか」

マモルは、ゆうなと二人きりで来た時のことをシュミレートしてみた。

わーいわーい、まも君、サイがいるよサイ。サイを見なサイ。なんちゃって。

わーいわーい、まも君、カバがいるよカバ。カバが逆立ちしてバカ。なんちゃって。

わーいわーい、まも君、ラクダがいるよラクダ。ラクダに乗ってラクダ。なんちゃって。

ハイテンションで繰り出されるしょーもないギャグが全部自分に向いてると思うと、ちょっと恐《こわ》くなった。

「いや、沢菓《さわがし》が来てくれて正解だったな。一人でゆーなの相手するのは疲れちゃってしょーがないから」

「別に、あんたの為《ため》に来てやった訳じゃないからね。愛里《あいり》はゆうなのことが心配で」

「分かってる分かってるって」

マモルはごろんと芝生に横になった。

「少し昼寝でもしよっと」

「あれれ？　この袋は何だろ？」

ぶる丸と遊んでたゆうなは、その袋に気がついた。

袋がもぞもぞって動く。

「大変、何か動物が閉じ込められてるのかも。助けないと！」

ゆうなが袋に手をかける。木の棒を銜《くわ》えたぶる丸も隣で袋を覗《のぞ》き込む。

袋の口が、ゆっくりと開かれた。

「ふっふっふ、そろそろ止《とど》めをさしに行くとするか」

ってガスマスクをつけようとする森藤さんだけど。

「すみません」

って声かけられて振り向いて、目を見開いた。

「あ!!」

そこには、くだんの標的が立っていた。必殺スカンクを抱きかかえて。

「動物園の人ですよね。袋の中に入ってるの見つけたんですけど、なんか苦しんでるみたいで」

「は、はい。こちらで」

森藤さんはスカンクを受け取った。

「早く元気になってね、アライグマちゃん」

スカンクの頭をちょいちょいって撫《な》でると、標的は去って行った。

アライグマじゃね〜〜〜よ。スカンクだよ！

って突っ込みはとりあえず棚の上に置いておくことにして、森藤さんは悩んだ。

「なぜ、袋を開けたにもかかわらず必殺スカンクが必殺技を出さなかったんだ？」

必殺スカンクは苦しんでるようだった。苦しそうにうめき声をたてている。

森藤さんは必殺スカンクをひっくり返してみた。そしてそれを見てしまった。

必殺スカンクの匂《にお》い穴に突っ込まれた、木の棒の存在を。

「栓！！！！」

次の瞬間！　スカンクの尻《しり》が三倍くらいに膨れ上がったように見えた。

そして……。

ばっぽ〰〰〰〰〰〰〰〰〰〰〰〰〰〰〰〰〰〰ん！

三人目の影の飼育係、スカンクの森藤さんは毒ガスに倒れた。

「あれ？　ぶる丸ちゃん。木の棒どうしちゃったの？」

ぶる丸が棒を銜《くわ》えてないことに、ゆうなは気がついて尋ねた。

もちろん、ぶる丸は答えられなかった。いくら忍《しのび》の修業を積んだって喋《しゃべ》るのは無理っちゅーもんだ。

「しょうがないな。別なの探さないと」

回りを見渡したけど、使えそうな木の棒は落ちてなかった。

「まも君、ボールとか持って来てないかな」

ご飯食べたところに戻ると、マモルと愛里《あいり》は良い感じにお昼寝をしてた。

寝相の悪い愛里の手が、マモルの手とくっついてた。

ゆうなはちょこっとだけほっぺたをふくらめると、愛里の手を持ち上げマモルの手から離した。

「これでよしっと」

それから、マモルに声をかけた。

「ねーねー、まも君、ボールって？」

尋ねたゆうなは気がついた。マモルのリュックから覗《のぞ》いてる黒くて丸い物にだ。

「あ、あった」

ゆうなはそのボール(らしき物)を手にした。

「ねーねー、まも君。リュックの中に入ってた黒いボール借りてもいい？」

「あ〰〰〰」

半分眠ってる返事だけど、了解は取れた。

「ありがとね」

ゆうなはボール(と思われる物)を片手に芝生の広いとこへと向かう。

「それじゃ、ぶる丸ちゃん。遠くに投げるからちゃんと取って来るんだよ」

ぶる丸はゆうなの足にすがりついて必死になって首をプルプル横に振ってた。

もし、ゆうなが察しがいい人間であれば、ぶる丸が必死になって何かを止《や》めさせようとしているんだってことに気がついただろう。

だけど、ゆうなはあまり察しがいい人間じゃなかった。

おまけに言わせてもらえば、思い込みも激しい方だった。

「とんでけボール！」

ゆうなは思いきり振りかぶると、ボール（と信じて疑わない物）を投げた。

体力測定のソフトボール投げとかじゃ記録1メートルなんて偉業を成し遂げるゆうなだけど、今回は奇跡的にけっこう飛んだ。

ボール（に違いないと思い込んでる物）は放物線を描いて離れたとこの茂みに落っこちた。

ちゅど～～～～～～～～～ん！

なんか、黒い煙が上がった。

「ど～～なっちゃったんだろ？」

目をパチクリさせるゆうなの足もとで、ぶる丸はやれやれって首を振った。

拾いには行かなかった。

そこに行ったってボールがないってことは十分すぎるくらい分かってたから。

ボールの落下した地点では、一人の男と、そして一匹のゴリラが倒れてた。

影の飼育係、ゴリラの名越さんだった。

「ど、どうして」

「うほうほ」

4人目の影の飼育係、ゴリラの名越さんは謎《なぞ》の爆発によって大地に沈んだ。

「まさか、スカンクの森藤さん、ゴリラの名越さんの二人とも敗北するとは……」

ケダゴロウさんは少しだけ不安を覚えた。

もしや、自分達はとんでもない相手にケンカを売ってるんじゃないか。

そんな考えが頭を過《よぎ》る。

だけど、右足に左足をひっかけて転び、坂道になってる芝生をそのままごろごろ転がり落ちるゆうなを見て、そんな不安もかき消えた。

「午後はそうは行きませんよ」

ケダゴロウさんは拳《こぶし》を握り締めた。

「クマの奥村さん。イリエワニの浜さん。カンガルーの茶谷さん。アルマジロの斎藤さん。ヤンバルクイナの松田さん。プレーリードッグの福井さん。まだまだ六人もの影の飼育係がひかえているのですからね！」

猿に頭をがじがじかじられながら、ケダゴロウさんは笑った。

もう止《や》めておけばって肩を叩《たた》いてくれる親切な人が、不幸なことに近くにいなかった。

事実、止めておけば良かった。

7

そして、時計の針がくるくるって回って太陽も大分下りて来た頃《ころ》。

「さてと、一通りは全部見たし。そろそろ帰ろう。ゆーな」

まだわーいわーい言ってるゆうなに、マモルが言った。

「え〰〰、もう少しだけ見てこうよ」

「でも、帰るの遅くなるぞ。明日も学校だし。ほら、宿題だってしなくちゃ」

「へ〰〰〰、万年宿題忘れのアホルの言葉とは思えないけどね」

「うるさいやい」

「でも、そろそろ帰るってのには愛里《あいり》も賛成。出口んとこの売店でお土産も買いたいし」

「そ〰〰だね。お土産買わなくちゃいけないんだ。うんうん」

だけど、ゆうなは申し訳なさそうに両手を合わせた。

「じゃさ、最後にもう一回だけペンギンさん見て来てもいい？　すぐそこだから。すぐ戻ってくるから」

「ああ」

「じゃあ行って来る」

ゆうなはぱたぱたと駆けて行った。

「行っちゃった」

「ペンギン好きだからな。あいつ」

マモルがぼそっと呟《つぶや》く。

「老後はペンギンに囲まれて暮らすのが夢なんだってさ」

「南極《なんきょく》にでも移住するつもりなのかしら」

「いくら何でもそりゃ〰〰〰〰……」

ゆうなならやりかねないぞって、マモルは思った。

ゆうなが南極に行くってことは、それを守ってるマモルも隣に引っ越してかなくちゃいけないってことで。

「寒い老後になりそうだな」

ぶるるるって、マモルは震えた。


「わ〰〰〰い、ペンギンペンギン」

ぺたぺた歩くペンギンをゆうなが見てる時だった。

とんとんって肩を叩《たた》かれた。

振り返ると、猿を肩に乗っけた男の人がつっ立っていた。

ゆうなはすぐにそれが誰《だれ》なのか分かった。パンフレットに写真が載ってたからだ。

「あ！　ケダゴロウさんだ」

「これはこれは」

ケダゴロウさんはにっこりと笑った。

猿がきーきー言ってケダゴロウさんの顔を引っ掻《か》いてたけど、それでも笑顔は崩れなかった。

「あの、痛くないんですか?」

「かわいい動物のやることですから」

ゆうなはすごいなって感心した。

すぐに感心しちゃうのがゆうなのすごい所でもありいけない所だ。

「ときに、お嬢さん。珍しいペンギンを見たくありませんか?」

「珍しいペンギン?」

可愛《かわい》いらしく首をコキって曲げるゆうなに、ケダゴロウさんは劇画チックに叫んだ。

「幻の南極《なんきょく》大陸に伝説の怪鳥は存在した! その名は、空飛びペンギン!」(藤岡弘《ふじおかひろし》の探検隊風に)

「え! 空飛びペンギン!」

ゆうなも叫んだ。

「岩飛びペンギンってのがいるってことは知ってたけど、空飛びペンギンってのもいたなんて」

「その名の通り、空飛びペンギンは空を飛ぶことが出来る。しかもマッハ5で」

「マッハ5! すっご〜〜い!」

本当に人を疑うってことをお母さんのお腹《なか》の中に忘れて来てしまった女の子なのだ。

紺若《こんにゃく》ゆうな16歳。


「どうです？　見たくありませんか？」

「見たい見たい！」

ゆうなはこくこくと頷《うなず》いた。

「それはけっこう。ならどうぞこちらへ」

「あ、でも友達と一緒に」

「それはダメです。空飛びペンギンはとってもデリケートな動物なので、あまり多くの人が来るとびっくりして舌を噛《か》んでしまうのです」

もちろん、ゆうなは信じた。

「そ〰〰なんだ」

すぐに人を信じてしまうのがゆうなのすごい所でもありいけない所だ。

「5時に営業時間が終わりなので、今すぐ行かないと。何、ほんの二、三分のものですから。それじゃ、行きましょうか」

「は――い」

ゆうなは何の疑いも抱かず、とことこケダゴロウさんの後をついていった。

日本一誘拐《ゆうかい》されやすい女の子だった。

「あれ、ゆうないないじゃない」

ペンギン広場の前までやって来た愛里《あいり》とマモルは、ん？　って首を傾《かし》げた。

「今度はどこ行っちゃったのかしら？」

「さ〰〰〰な」

マモルは、足もとのぶる丸に目配せした。

ぶる丸が地面をくんくん嗅《か》ぐ。

そして、鼻先をある方向へと向けた。

「沢菓《さわがし》、僕ちょっとトイレに行って来る」

「あんた今日トイレばっかかね」

ジトってした目で愛里はマモルを見た。

「ゲーリーキューパーな訳？　それともゆうなの言う通り、ぢ？」

「想像に任せるよ」

それだけ言うと、マモルはその場を後にした。

8

なんかでっかな地下倉庫みたいな所にゆうなは連れて来られた。

おかしいわ。

ってさすがのゆうなも思った。

ペンギンがいる所だったら、池があるはずだもの。こんなとこにいたらペンギンの体が乾いちゃうわ。

「園長さん。空飛びペンギンは？」

「正直……驚きましたよ」

足を止《と》めたケダゴロウさんは、何かにとりつかれたような無気味な口調で言った。

「まさかまさかまさかまさかまさか！　全《すべ》ての影の飼育係の皆さんが敗北するとはね」

「はい？」

「しかし、あなたもここで終わりです。このケダゴロウ自らが相手をするのですからね」

ゆうなは目をぱちくりさせた。

ケダゴロウさんが何を言っているのか１００万分の１も理解出来てなかった。

「あの……」

尋ねようとしたゆうなの首筋が、チクっとした。

「あ…………」

突然、眠気が襲ってくる。

ゆうなはその場にくたんと倒れると、すーすー寝息をたて始めた。

「ふっふっふ、恐怖のために意識を失いましたか」

ケダゴロウが目を細めた……と、

『おとなりを守り続けて400年』


しゅばって現れたのは、闇《やみ》色の忍《しのび》装束を着た忍者。マモルだ。

「なるほど、ニンジャがどうのこうのという話だけは聞いていましたが、まさか本当のことだったとわね」

ケダゴロウさんはふふふって笑った。

マモルはやれやれって感じに言った。

『おかしいおかしいとは思ってたんだ。ワニ池に行けば橋が壊れるし、クマの檻《おり》に近づけば檻が外れるし。アルマジロは突っ込んでくるし、プレーリードッグんとこにはでっかな落とし穴が開いてるし。他《ほか》にもいろいろだ。全《すべ》てはゆーなを始末するためにやってたんだな』

「そういうことです。もっとも、全て失敗に終わってしまいましたがね」

ケダゴロウさんはゆっくりと首を振った。

「しかし、今回はそうは行きません。いくらあなたが強いとは言ってもそれは人間の中でということ。動物の力にはかなうはずがありません。猛獣たちの力、とくと見るがいい」

ケダゴロウさんはひょこひょこって走ると、壁のボタンを押した。

三つのゲートのうちの一つが開いた。出て来たのは大きなライオンだった。

「がおおおおおおおん！」

いかにもお腹空《なかす》いてますって顔つきで忍者を睨《にら》み付ける。

『やれやれ』

マモルは軽く息を吐き出した。

「がううううう！」

ライオンが忍者に飛びかかった。

マモルも大地を蹴《け》った。

空中で、マモルとライオンがすれ違った。

もし、この映像をビデオに撮りスロー再生したならば、空中において忍者がライオンにまたがり頭をぽかすか殴ってたのが見えただろう。

そして、両者は着地した。

ライオンは素敵に目を回して、ばったりと倒れた。

完全ＫＯだった。

「く〰〰、こうなったら」

ケダゴロウさんが隣のボタンを押す。

二番目のゲートが開いた。出てきたのは巨大なクロサイだ。

「その突進はバスでさえ横転させる破壊力を持っています。素早さだけで勝てる相手じゃありませんよ」

「ぐおおおおおお！」

クロサイが突っ込んでくる。

その角がマモルの体を強く跳ね飛ばした。

「やった！」

ケダゴロウさんが声を上げるけど、残念ながらそうじゃなかった。

くるくる回転して落っこちて来たのは、忍者服を着た丸太人形だったのだ。

「なに！」

ケダゴロウさんが目を戻すと、すでにサイは倒れてた。

「こうなったら、あの子を出すしかありませんね」

可哀想《かわいそう》なくらい見せ場がなかった。

ケダゴロウさんは少しだけ壊れた笑いを浮かべた。

「おいでなさい！　私のかわいいミクラスちゃん」

最後のゲートが開き、その向こうから巨大な影が姿を見せる。

「パオ～～～～～ン！」

でっかな象だった。

象の鼻を借りてその背中に乗ったケダゴロウさんは、かっかと笑いを響かせた。

「行け！　ミクラス！」

「パオ――――ン！」

とりあえず、近くの木箱が踏み潰《つぶ》された。

どうやらデモンストレーションだったようだ。

「どうです？　この力？　人間が太刀《たち》打ち出来る力じゃありませんよ。このアフリカ象こそ、地上でもっとも強い動物なのです！　そもそも象というものは」

思い切りのりのりで説明を始めるケダゴロウさんだけど、マモルは聞いてなかった。

ぐったりとしたゆうなを抱きかかえ、帰ろうとしてる所だった。

「こらぁぁぁ逃げる気ですか！」

ケダゴロウさんの声に、マモルはやれやれって覆面の中の顔をしかめた。

それから言った。

『ぶる丸』

「ばう」

いつのまにか足もとに来てたぶる丸が、一声鳴いた。

『後は頼んだ』

それだけ言うと、マモルはゆうなを抱えたまま出口へ向かって歩き出す。

ぶる丸はふわああって欠伸《あくび》した。

首をぽきぽきって鳴らす。

それから面倒臭そうに象に顔を向けた。

その口には、鈍い光りを放つ苦無《くない》が銜《くわ》えられていた。

そして…………………。

「ちょっとゆうな。ゆうなってば」

って声で、ゆうなは目を覚ました。

愛里《あいり》とマモルが自分を覗《のぞ》き込んでた。

「心配して探してたのに、こんなとこで眠ってるんだから」

「あ………れ？」

ゆうなはきょとんとした。

自分は、園内のベンチで眠ってたようだ。

「空飛びペンギンさんは？」

「空飛びペンギンさん？　何よそれ」

「だから、南極《なんきょく》の大陸で発見されたっていう空を飛ぶペンギンさん。マッハ５で飛ぶんだって」

「そんなペンギンいる訳ないでしょ」

苦笑《にがわら》いしながら愛里が言う。

「ほら、早くしないとお土産買う時間なくなっちゃうわよ」

「そだ、おみやげおみやげ。動物クッキー買って帰るんだ」

一瞬で頭が動物クッキーに浸食されて、空飛びペンギンのことなんて忘れた。

呆《あき》れちゃいけない。こーゆー女の子なのだ。

「わーいわーい、おみやげおみやげ」

「やれやれ」

スキップしながらおみやげ売り場へ向かうゆうなの後ろ姿に、マモルは疲れた息を吐き出した。

「まさかこんな所まで来てゆーなを守るハメになるとは思わなかったよ」

そこでマモルはハッとした。

「しまった！　誰《だれ》がゆーなのこと狙《ねら》ってるのか聞くの忘れた！」

今からちょっと引き返して問いつめて来ようかなって思った。

足下のぶる丸に、マモルは尋ねた。

「ぶる丸。手加減したか？」

「…………」

ぶる丸は何も答えなかった。

マモルはため息混じりに呟《つぶや》いた。

「ムリだな、きっと」

「まもく〰〰〰〰〰ん。早くしないと置いてっちゃうよ〰〰」

「ほ〰〰〰〰い」

ゆうなの声に、マモルはそう返事を飛ばした。

「さ、行くぞ。ぶる丸」

「ばう」

その頃《ころ》、毛田桃《けだもも》王国動物園地下倉庫では。

ミクラス（象）とケダゴロウさんが見事にKOされていた。

「そんな、アフリカ象があんな犬っころに負けるなんて」

薄れ行く意識の中、ケダゴロウさんは訂正した。

世界最強の陸上生物はアフリカ象じゃない。

ブルテリアだと。

9

「また明日ね、愛里《あいり》」

「うん、またね。ゆうな。おまけのアホル」

大きく手を振って、愛里は自分の家のある方に走って行った。

「ほんじゃま、帰るか」

「そ〰〰だね」

二人は歩き出した。

「ぶる丸君、静かにしててくれたね。電車の中。まるでぬいぐるみみたい」

マモルの背中のリュックから、首だけ突き出してるぶる丸を見て、ゆうなはくすって笑った。

「ま、もとからあんまり吠《ほ》える犬じゃないしな」

「大人しいもんね」

しばし、言葉のない時間が流れた。

「ごめんね。まも君。いっつもいっつも」

不意に、唐突に、突然に、ゆうなが言った。

「え？」

マモルは思わず固まった。

もしや、もしや僕が陰から守ってるってことにこいつ気がつきやがったのか？

姿を見られまいと打ち込んだ眠り吹矢の効果が薄かったのかも！

「わたしのわがままに付き合ってもらって」

どうやらそうじゃなかったようだ。

マモルはほっと胸を撫《な》で下ろした。

「まも君にだって日曜日の都合があったかもしれないのに」

「別にい〜よ」

マモルは軽く言ってやった。

「ど〜〜せ家でごろごろしてるだけだったろうし。それに、久しぶりの動物園はけっこう楽しかったからな」

「本当に？」

「ああ」

「本当の本当？」

「本当の本当だ」

「良かったぁ」

ゆうなはほっと胸をなで下ろした。

「わたしちょっと心配してたんだ。一人だけではしゃいでて、まも君つまんなかったんじゃないかなって」

にっこりとした笑顔を、マモルに向ける。

「今度は水族館に行こ！　それから遊園地にも行こ！　あとねあとね」

「分かった分かった。おいおいにな」

マモルが鷹揚《おうよう》に首をたてに動かして見せると、ゆうなはものすごく嬉《うれ》しそうな顔をした。

それから、時計を見てあって声を上げる。

「あ、いっけな〜〜い。早く帰らないとサザエさんに間に合わない」

ゆうなは、マモルの手をそっと握った。

「急《いそ》ご！　まも君」

10

「何だって、けだもの一家が全滅だと！」

極悪《ごくあく》組事務所に、火堂左衛門《ひどうざえもん》の声が響いた。

「まさか、そんなことが」

「残念ながら事実です。けだもの一家、全《すべ》て完全ＫＯです。命があるのが奇跡的です」

「誰《だれ》にやられたと言ってる？」

「とても喋《しゃべ》れる状態じゃないんですが、毛田桃五郎《けだももごろう》が猛獣たちと一緒に倒れてる現場でこんなものが見つかりました」

組員が、布に包んだ物を取り出した。

それは、黒く鋭い鉄の塊。

「何だ？　これは？」

「時代劇好きな奴《やつ》に聞いたところ、苦無《くない》という忍者の武器だそうです。手裏剣のように投げることも出来れば、鍵《かぎ》を開けたり穴を掘ったり、石垣に打ち込んで足がかりにしたりといろんな使い道があるそうです。何でも開器とものぼり器とも呼ばれ……大抵の忍者が持っていたと」

「やはり、忍者か」

火堂左衛門《ひどうざえもん》は、しぶいカキでもかじったような顔で唸《うな》った。

しばらくしてから、歯の隙間《すきま》から絞り出すようにして火堂左衛門は言った。

「仕方ない。忍者が相手というなら、奴《やつ》を呼ぶしかないな」

「奴？」

「真双津《まっぷたつ》だ」

「ええええええ！！！」

動揺が秒速365メートルでスパークした。

「真双津って、もしかしてあの堅物《かたぶつ》仕事人の」

「そうだ」

「しかし、真双津は悪党しか斬《き》らないって」

「俺《おれ》に任せておけ。世間知らずを騙《だま》すことなぞ造作もないことだからな」

火堂左衛門は笑った。ぐふぐふナマズみたいな唇を揺《ゆ》らして笑った。

「次はサムライで勝負だ！」

果たして、真双津とは何者なのか？

そしてマモルはゆうなを守ることが出来るのか？

次回に続く。

第④話　この世で斬《き》れぬ物はなし

1

「悪い、ちょっとパン買って来る」

通りがかりにコンビニを見つけたマモルは、そう言った。

朝の小鐘井市《こかねいし》だった。

マモルとゆうなはいつもと同じように二人そろっての登校中だった。

「あれ？　朝ご飯食べて来なかったの？」

ゆうなの質問に、マモルはこっくり頷《うなず》いた。

「ちょっと寝坊しちゃってさ。ゆーなに先に行っててもらおうと思ったんだけど、家訓がさ」

「家訓？」

「いや、何でもない何でも」

マモルは慌《あわ》ててお茶をかきまぜて濁《にご》した。

いつもどこでもどんな時でも、紺若《こんにゃく》ゆうなを守ってる。これは国家機密級のシークレットなのだ。

「つーわけだから、ちょっくらメロンパンでも買って来る」

「うん、行ってらっしゃい。わたしはここで待ってるから」

「行かないのか？」

「うん、入ったらお菓子買いたくなっちゃうもん」

「そっか」

じゃなって、マモルはコンビニに飛び込んだ。

「言ってくれればいいのに。そしたらまも君が朝ご飯食べるの待っててあげたのにな」

ゆうなはふと考え込んだ。

思い起こせばここ十数年、一人で学校に行ったって記憶がほとんどない。いつだって隣にはマモルがいた。雨の日も風の日も雪の日も霰《あられ》の日も。

誰《だれ》かがペットで飼ってた猿が逃げ出したって大騒ぎになってた日も。

いつでもマモルと一緒だった。

「同じ大学に行ったら、やっぱり同じように一緒に通うんだろ〜な」

そんなことを考えたら、何だか不思議と嬉《うれ》しくなった。

「うふふふふ」

ってゆうなが笑った時だった。

目の前を一人の女性が通り過ぎた。

背の高い着物の女性だった。多少冷たい雰囲気ながらも、びっくりするくらい整った顔立ちだ。文句なしに美人で賞をあげたくなる。

同性ながら、ゆうなも思わず見とれてしまう。

着物美人は、すたすた歩いていくと、曲がり角に消えていった。

「うわ〰〰、いるんだ。あんな人」

ゆうなが感心してると、メロンパン片手にマモルがコンビニから出てきた。

「おまた」

さっそくメロンパンをかじり始める。

「ほーひは？　ほっほひはっへ（ど〰〰した？　ぽーっとしちゃって）」

つき合い長いから通じた。

「あのね、今すっごい美人の女の子が通りすぎてったんだよ」

興奮したように、ゆうなは言った。

「すらっと背が高くてね、黒髪が日本人形みたいにこうすうっと長くてね、顔だってすっごい美人なの。格好だってすごいんだよ。着物着ちゃって」

「着物？」

「あ、着物って言ったって時代劇に出てくるようなお姫様の着るよ〜なのじゃなくって。何て言うのかな？　よく女の人でも刀を持って旅をしてるような」

「女剣士って奴《やつ》か」

「そーそーそー、その女剣士って奴だよ。そ〰〰言えば腰になんか刀みたいなの突き刺してたし。あ、でもなんか地味な刀だったよ。色とかも塗ってなかったし、それにこのおせんべいみたいなとこがなかったし」

「おせんべいって何だ？」

「ほら、刀のここんとこについてるじゃん。何て言ったっけな〜〜〜」

ゆうなの身ぶり手ぶりで、マモルは頷《うなず》いた。

「ああ、刀の鍔《つば》のことか」

「そーそーツバだよ。それがなかったんだよ」

「ふ〜〜〜ん、居合い刀か何かかな？」

「見合い刀？　お見合いの時に使うの？」

「そんな物騒《ぶっそう》なお見合いないよ」

相変わらずの天然ボケに、マモルはやんわりとつっこんだ。

「いあいとう。居合いってのは剣術の一つで、鞘《さや》から刀をすごい速さで抜いて敵を倒すんだ。普通のちゃんばらはやらないから敵の刀を受けとめる鍔はいらないってわけ」

「へ〜〜〜〜、そうなんだ」

感心したように頷いてから、ゆうなは言った。

「でもまも君ってそ〜〜ゆ〜〜こと詳しいよね」

どんな剣術が相手でも戦えるように修業したから。

なんてこた言えない。

「…………父さんが、時代劇好きだから」

マモルは適当に誤魔化《ごまか》した。

「さ、行こ。遅刻しちまうよ」

「うん」

歩き始めても、女剣士の話題は続いていた。

「時代劇のロケとかなのかな？　それとも本当のサムライだったりして。強い敵を求めて諸国を歩いてる。さすがにそれはないっか」

珍しく常識的に、ゆうなはため息吐き出した。

「もうおサムライさんなんて絶滅しちゃってるよね。いる訳ないよ」

「そ〰〰だろ〰〰〰な」

相槌《あいづち》を打ってから、マモルは口の中だけで呟《つぶや》いた。

「忍者はまだ絶滅してないがな」

2

極悪《ごくあく》組事務所。

通された畳の部屋に、娘は正座した。

掛け軸を背に座椅子《ざいす》に座る火堂左衛門《ひどうざえもん》が、娘を眺め言った。

「お嬢さんが、真双津《まつぶたつ》の」

「椿《つばき》と言う」

出された茶をずずっとすすって、娘、真双津椿は言った。

「本来ならば当主である父、斬十朗《ざんじゆうろう》が来るはずではあるが、父は持病のいぼ痔《ぢ》が悪化したため、現在療養中だ。代わりに拙者《せつしや》が来た」

「ふむ」

火堂左衛門はうかない顔で顎《あご》をさすった。

その表情に気がついたのか、椿が口を開く。

「心配はいらんぞ。しっかり務めを果たして来いと、父が真双津家に伝わる銘刀《めいとう》を預けてくれた」

椿は、刀を突き出し威厳を込めて言った。

「かの有名な斬鉄剣《ざんてつけん》をもしのぐという銘刀、その名も、斬瀬羅満狗剣《ざんせらみつくけん》！」

「ぬわに！　斬瀬羅満狗剣だと！」

実は初耳だったけど、とりあえず驚いておいた。

大人の礼儀という奴《やつ》だ。

それから、少しだけ眉《まゆ》をひそめ言った。

「しかしな。いくら剣が良くても問題は腕が」

椿《つばき》は無言で片膝《かたひざ》を立てると、刀に手をかけた。

光が一閃《いっせん》した。瞬《まばた》きしたら見えない程《ほど》の一瞬の煌《きら》めきだ。

火堂左衛門《ひどうざえもん》の湯飲み茶碗《ちゃわん》が、バラバラになって崩れ落ちた。

少なくとも五、六回は斬《き》られないとこんなに景気良くバラバラにはなれない。

「なるほど、腕は確かなようだな」

椿は鼻を鳴らすと、立ててた膝を下ろし言った。

「どこの悪党を斬ればいい？」

火堂左衛門が目で合図する。組員が写真を持ってくると台の上に置いた。

椿は写真に目を落とした。

明日はきっと晴れになりますよ〜〜〜。世界中のみんなが幸せになれるとい〜な〜。なんて言いそうな女の子の顔が写ってた。

「この娘が……悪党なのか？　そうは見えんが」

「見かけで騙《だま》されてはいかん。おい」

「は」

組員がさらに写真を並べる。

「これは……！」

「ひどいありさまだろう。少し顔が恐《こわ》いと言うだけでこんなにもボコボコにされたんだ。こっちは筋肉が暑苦しいっていう理由だけで。さらにこんな動物達や、老人までも被害に」

「…………かなりの手練だな」

「分かるか？」

「急所を一ミリもずらすことなく打ち込んである。並みの人間に出来ることではない」

「被害者達は、皆そろって忍者にやられた。そう言っている」

「忍者、忍《しのび》か……」

椿は眉間《みけん》に縦ジワを寄せた。

「こいつらはまだいい方だ。まだ命が助かったんだからな。人知れず命を葬《ほうむ》られた人間も数多くだ。私もこの東京都で看板を掲げているからには、なんとかこの非道を止《や》めさせようとしたんだが、返り討ちにあってな」

「分かった。引き受けよう」

「本当か？」

「ああ、こんな悪党を野放しにする訳にはいかんからな」

椿は刀を片手に立ち上がった。

「そいつの詳しい情報を教えてくれ」

「くっくっく、すっかり騙されやがって」

椿の出て行った和室にて、火堂左衛門が喉《のど》の奥を震わせた。

「あの、兄貴。どういった娘なんすか？　今の」

「そうか。お前はまだ若いから知らないか」

説明しようとする組員を遮《さえぎ》って、火堂左衛門《ひどうざえもん》が口を開いた。

「真双津《まつぶたつ》家。先祖代々殺し屋を営むスゴ腕の剣客《けんかく》の血筋。そこの娘だ」

「殺し屋……ですか」

「そうだ。ただし、悪党しか斬《き》らぬという堅物《かたぶつ》のな。おかげで業界でも扱いづらく、今じゃ開店休業みたいなものだ」

火堂左衛門は悪い笑みを浮かべた。

「何、俺《おれ》にかかればこの通りよ。奴《やつ》らは剣一筋で世間にうといからな」

この人は絶対に地獄に行くんだろ〜〜なって、若い組員は思った。

「にしても、すごかったですね。一瞬で湯のみがバラバラになるなんて」

「全くだな」

「斬鉄剣《ざんてつけん》をも凌《しの》ぐ斬瀬羅満狗剣《ざんせらみつくけん》。恐ろしい剣です」

組員が重々しく言った。

ふっと思いついて、若い組員がおちゃらけた。

「確か、斬鉄剣って、コンニャクが斬れないじゃないっすか。もしかしてあの刀もコンニャク斬れなかったりして」

ピタ！

首筋に冷たい感触を覚えて、若い組員は凍りついた。

そっと凍りついた首を動かすと、椿《つばき》がいた。抜いた刀を組員の首筋に押しつけていた。

そして、死神だって尻尾《しっぽ》巻いて逃げるような冷たい声で言った。

「貴様、今何と言った？」

「あの、すみません。つい出来心で」

「何と言った！」

「だから……その……コンニャク斬れないかなって。ああすみません」

殺されるって思った。

だけど殺されなかった。

「よく見ていろ！」

椿は荷物を下ろすと、中から包みを取り出した。

包みの中から出てきたのは、一枚のコンニャクだった。

コンニャクを空中に放り投げ、刀に手をかける。

「ていや！」

光が、一閃《いっせん》した。

薄く斬られたコンニャクが、椿が差し出した皿に乗っかった。

「食え」

割箸《わりばし》と酢みそもおまけに突き出された。

「それでは失礼する」

オーーー
ヅ

それだけ言い残すと、椿《つばき》は部屋を出ていった。

ど〜〜〜〜していぃ〜〜〜〜〜〜んだか分からない沈黙が辺りに充満した。

「何だったんすかね？」

「さぁ、コンニャクが斬《き》れるってことを証明したかったんじゃないのか？」

「そのためだけにあんなの持ち歩いてるんでしょうかね」

組員達は、火堂左衛門《ひどうざえもん》に答えを求めた。

火堂左衛門は吐き捨てるように言った。

「知るか！」

3

「ここがそうか」

浅間山《せんげんやま》学園高校前までやって来た椿は、白い校舎を見つめ呟《つぶや》いた。

日差しに照らされた校舎。ちょうど昼休みだったから、生徒達のキャピキャピって声まで聞こえてくる。

「高校……か」

椿は目を細めた。

思い起こせば生まれてからずっと、山奥の屋敷にて来る日も来る日も剣の修業に明け暮れていた。

小学校も中学校も山の麓《ふもと》にあるド田舎学校に通ってた。皆、真双津《まっぷたつ》家のことを恐れて友達すら出来なかった。

中学卒業後は、通信教育を受けながらさらなる厳しい剣の修業をつみかさねていた。

拙者《せっしゃ》も、こんなこぎれいな高校で、青春ってのを味わってみたいものだ。

木の下で男の子と二人で弁当なんかを広げたりして……。

そんなこと考える頭を、椿《つばき》は慌《あわ》てて左右に振りたくった。

「いかんいかん。拙者は何を考えておるのだ」

深呼吸して、自分を戒《いまし》めた。

「拙者の使命は悪党を斬《き》ること。甘いことを考えてる余裕はない」

椿が校門をくぐり抜けた時だった。

「お――――い」

そんな声をかけられ、振り返った。

何やら、ちょんまげとかつけてる連中が、やって来た。

「ダメじゃないか。こんな所で油売ってちゃ。もう始まっちゃうぞ」

「ん？」

「ほら、行くぞ。悪党が痺《しび》れ切らして待ってるんだから」

悪党！　その言葉に椿が揺《ゆ》れた。

「悪党がいるのか？」

「いるに決まってるだろ？」

「そうか、悪党がいるのか」

悪党と聞いて黙っている訳にはいかない。それが真双津家の血だ。

椿は、しっかりとした口調で言った。

「行こう」


「ゆうな！」

元気一杯で愛里《あいり》が二年A組に飛び込んできた。相変わらずマムシドリンクを注射してるような元気さだ。

もそもそ弁当を食べてたマモルは、思い切り顔をしかめた。

「また来たのか」

そんな言葉なんかきっぱり無視して、愛里はゆうなのとこまでやって来ると言った。

「中庭で時代劇部が寸劇やるんだってさ。新入部員集めに」

「最近そ〰〰ゆ〰〰の多いよな」

マモルは息を吐き出した。

この時期、新入生を獲得しようといろんな部があっちこっちでパフォーマンスを決行する。

合唱部が玄関で歌を歌って。

料理研究部が料理を無理矢理ふるまって。

茶道部が廊下でお茶をたてて。

相撲《すもう》部が教室で大相撲を始めて。

邪魔だからって止《や》めさせようとする先生達と衝突して。

そしてドロ沼の戦いが始まる。

そんなことが日常茶飯事に行われてるのがこの時期なのだ。

「ね、見に行こゆうな」

愛里《あいり》がゆうなの手を引っ張った。

「うん、まも君も行こ」

「遠慮するよ。まだ弁当食べ終わってないから」

「おら！」

愛里が、マモルの手から弁当箱と箸《はし》をひったくると、残ってた弁当を一気にかっこんだ。

「ああ、何すんだよ！　好きなもの最後にとってたのに！」

「別にあんたなんか来ても来なくてもどっちだっていいんだけどね。せっかくゆうなが誘ってんだから来なさいよ。ほら、弁当終わったわよ」

口の回りにご飯粒くっつけて、愛里は言った。

マモルはため息と一緒に頷《うなず》いた。

「分かったよ。行けばいいんだろ行けば」

「決まり。それじゃ中庭へレッツゴー」

三人が中庭に向かうと、すでに寸劇は始まってた。ロープを張った向こうに作られた仮設ステージでは、レトロな格好した人達が動いてた。

マモルらはそれなりに人の集まってる後ろで、背伸びした。

娘『いや〰〰〰〰〰』
走る娘。だけど何故《なぜ》か転がってるバナナの皮で足を滑らせる。
倒れる娘のもとへ、ものすごく悪そうな顔をした三人がやって来る。
悪者1『くっくっく、ここまでだ』
悪者2『アヘンの取引を見られてしまったからには死んでもらうしかない』
悪者3『己の不運を嘆くんだな』
娘『いや〰〰〰、誰《だれ》か助けてぇぇぇぇ』
じたばたもがく娘、その時、何処《どこ》からかツヅミの音が。

ポンポンポンポンポンポンポン！

声『そこまでだ！』

「あ、あの人、アタシが朝見た人だよ！　この学校の生徒だったんだ！」

マモルの隣でゆうながはしゃいだ。

「すごいでしょ。格好いいでしょ」

「う〰〰〰ん」

マモルはうかない顔で唸《うな》った。

確かに、満開の桜をバックにして歩み出てくるその女剣士は格好良かった。マモルだって思わず拍手したくなっちゃうくらいに。

ただし、一つふに落ちないとこがある。

なんで女剣士なんだってとこだ。

あのツヅミの音がしたならば、出てくるのは桃太郎侍《ももたろうざむらい》じゃなきゃいけないはずなのに。

ど〰〰〰してなんだろう？

マモルは一人悩んだ。

「白昼堂々とした悪事、見逃す訳にはいかん！」

女剣士は言った。言い切った。

悪者123も、娘も唖然《あぜん》とした。

あれ、確か桃太郎侍が出てくるはずじゃ？

だけど、お客さんが見てるから止《や》める訳にもいかない。

とりあえず、芝居を続けることにした。

「何だてめえは？」

「やっちまえ！」

「おりゃあ！」

悪者三人が刀を振り上げて襲いかかる。

光が一閃《いっせん》した。

悪者三人の刀が、根元からすっぱ切られた。おまけに服だってすっぱ切られてパンツ一つになってしまう。

悪者123は、この時になって気がついた。自分達の命のろうそくがひゅーひゅー強風に吹かれちゃってるってことにだ。

「覚悟！」

「おぎゃあああああああああ」

「やばいな」

マモルは顔をしかめた。

厳しい修業を積んだ者だけが感じとることの出来る気配。

殺気。

それが女剣士の体からぷんぷん漂《ただよ》ってた。

マモルは素早く右手を動かした。


女剣士、椿《つばき》の視界に黒い物がよぎる。

反射的に、椿はそのものに向けて抜刀した。

まっぷたつに断ち切られ地面に落ちるそいつは、紛《まぎ》れもない手裏剣だ。

「忍《しのび》か？」

素早く瞳《ひとみ》を動かす。野次馬《やじうま》の中で拍手してる娘の顔が見えた。

極悪《ごくあく》組で見せてもらった写真の娘だ。

「そうか、やはり」

娘に向かって足を向けようとした時だ。拍手が沸き起こった。

「何？」

「どうも、危ない所を助けていただいて。ありがとうございます」

娘が出てきて頭を下げる。そして小声で言った。

「いや何、当然のことをしたまでだ」

「何だ？」

「いや何、当然のことをしたまでだって言って下さい！　そうしないとお芝居終われないじゃないですか！」

この時になって、椿はやっとこさこれがお芝居だってことに気がついた。

「何だ、芝居だったのか」

よく考えたら、今時こんな時代劇みたいな格好してる連中が自分以外にいるのはおかしな話だ。

「失礼、邪魔したな」

そそくさと出て行こうとする椿だったけど、その腕をがっちりと掴《つか》まれた。

娘の瞳には、あんたがぶち壊したんだからせめて最後ぐらいはちゃんとして行ってください よって意味を込めた光がビーコンビーコン点滅してた。

椿はため息一つ吐き出すと、娘の言った台詞《せりふ》をぎこちなく口にした。

「いや何、当然のことをしたまでだ」

芝居は大成功に終わった。

「すっごく格好良かったね」

興奮冷めやらぬといった感じに、ゆうなが口を開いた。

「あの女剣士の剣さばき。びっくりしちゃった。よっぽど練習したんだね」

「でも、うちの学校にいたかな？　あんな子」

「転入生とかなんだよきっと」

うんうんってゆうなは頷《うなず》いた。

そんなこと話してる二人の後ろで、マモルは考え込んでた。

「居合い……か。かなりの腕前だったな。何者なんだろ？　何だってこんな学校に」

と、マモルはふと足を止《と》めた。

隣の茂みから、しくしく泣き声が聞こえて来たのだ。

そっと覗《のぞ》いてみると、桃太郎侍《ももたろうざむらい》が泣いていた。

どうやら完全に忘れ去られちゃってるようだ。

気の毒だけど、どうすることも出来ないからそのままにしておくことにした。

とりあえず、合掌《がっしょう》だけはしておいた。

4

本日最後の授業がつつがなく終了した。

「まも君。終わったよ。まも君ってば」

「あ？」

マモルは、崩れた顔を持ち上げた。

「ほんじゃま帰るか。帰って本格的に眠ろっと」

「も〰〰〰、また補習になっても知らないからね」

ゆうながくすくすって笑う。

帰り支度《じたく》をして、二人で教室を出た。

そのまんま四方山《よもやま》話をしながら玄関を出た時だった。

「紺若《こんにゃく》さ〰〰〰〰ん！」

って、呼び止める声があった。

振り返ると、テニスウェアを着た活発そうな女の子が駆けてくるとこだった。

「あ、エミちゃん」

ゆうなが顔を綻《ほころ》ばせた。

照仁須《てにす》エミ。一年の時に同じクラスだった女の子だ。

「良かった。まだ帰っちゃう前で。今教室に呼びに行こうと思ってたの」

エミは息を整えてから、ゆうなに真剣な顔を向けた。

「紺若さん。実はお願いがあって来たの！」

「わたしにお願い？」

何かしらって、ゆうなは可愛《かわい》らしく首をこきっと曲げた。

そんなゆうなに、エミは言った。

「今日だけテニス部員になってくれない？」

「え？　どういうこと？」

「じつはね……」

　エミの話はこんなだった。

　この新入部員獲得のくそ忙しい時期、テニス部としても格好よくぱっこんぱっこん打ち合ってる姿を見せて部アピールをしたい所だ。なのに、何故《なぜ》か今日に限って用事やら風邪やらで参加部員が少なく、テニスコートが寂《さび》しいことになってしまったのだ。

「ほら、紺若《こんにゃく》さんならテニスそこそこ出来るし、それに可愛《かわい》いでしょ。きっといい宣伝になると思うの。だからお願い。今度何かおごるからさ。一生のお願い！」

「え〰〰〰〰〰」

　可愛いって言われて、ゆうなは喜んだ。けっこう単純な性格なのだ。

「陰守《かげもり》くんからもお願いしてよ」

　って言われちゃったもんだから。マモルも仕方なしに援護射撃した。

「助けてやれば？　困った時はお互い様なんだしさ」

「そ〰〰だね、わたしも久しぶりにちょっとテニスしたいし」

「ありがと！　部室に着替えはあるから着替えてテニスコートね。待ってるから」

　そう言い残して、エミは走り去って行った。

「久しぶりのテニスだな。ちゃんと体動くかな？」

「大丈夫だろ。テニスなら」

自分の足につまずいて転んじゃうようなゆうなだけど、何故か不思議とテニスだけは人並み以上にこなすのだ。

ずっと前に、ゆうなは言ったもんだ。

──わたしね、地面が全部テニスコートだったら、きっと転ばないと思うんだ。

「そ〰〰だね、体が覚えてるって言うもんね」

「そーそー。ま〰〰がんばれや」

帰ろうとするマモルに、ゆうなが不満そうに言った。

「え〰〰〰〰〰〰、まも君来ないの？」

「行かないよ。僕は帰って寝るから。じゃ、また明日」

欠伸《あくび》しながら、マモルは校門の方に歩いて行った。

「も〰〰〰〰〰、まも君。見ててくれたっていいのに」

しばしおたふく風邪のフグみたいな顔してたけど、仕方ないかって思い直し、ゆうなは歩き始めた。……と。

「見つけたぞ！」

鋭い声が飛んできた。

振り返ると、女剣士がいた。

ゆうなは素直に喜んだ。

「あ！　女剣士の人だ！」

「拙者《せっしゃ》、真双津《まつぶた》椿《つばき》と言う」

女剣士、椿は、正々堂々と名乗った。

「いざ、尋常《じんじょう》に勝負をいたせ」

「え、わたしと勝負したいの？」

「そうだ」

「そっか、勝負か」

ゆうなは少し考えてからこくんって頷《うなず》いた。

「分かった。じゃ行こ」

「行く？　どこへだ？」

「こんなとこじゃ勝負出来ないでしょ」

「なるほど、確かに。人目につくか」

「早く、こっちだよ」

椿を引っ張って、ゆうなは向かった。

5

「行くよ〰〰〰、椿ちゃ〰〰ん」

テニスボールを軽く宙に放り投げ、それをラケットでぱこ――んて打った。

椿はラケットを伸ばしたが、ボールはそのすれすれをかすっていく。

「どんまいどんまいだよ。それじゃ行くね」

「次は外さない」

椿はテニスラケットを握り締めた。

そして、間違いに気がついた。

「だあああああああああああああああああ！！！」

椿はラケットを振り回して抗議した。

「一体何なのだこれは！」

「何なのだって、テニスだけど」

他《ほか》に何があるのって顔つきで言ったゆうなだけど、あって気がついた。

「そっか、椿ちゃんって和風の人だから、庭球って言うべきなのね」

「そういうことを言っているのではな～～～～～～～～～い!!」

ぜーはーぜーはー息をしてから、椿はやるせない気持ちを込めて叫んだ。

「ど～～～～して、拙者が、テニスなんぞをやらねばならんのだ！」

ちなみに、二人の服装はばりばりのテニスウェア、けっこう良い感じにムチムチしてて官能的だったりする。

「ど～～～して って言われたって、椿ちゃんが勝負したいって言うから」

「拙者は一言もテニスなんぞやりたいとは…………」

椿《つばき》の言葉が一瞬止《と》まった。

憧《あこが》れの高校生活。テニス部で汗を流す椿。優しく肩に置かれる手。

『椿、君のサーブは最高だよ』

『はい、コーチ。私がんばります！』

「だあああああああああああ!!」

暴走する思考回路に、椿は両手を振り回した。

そしてハッとした。

「そうか、これが噂《うわさ》に聞く忍《しのび》の技。心攪乱《かくらん》という奴《やつ》だな。拙者《せっしゃ》の心を惑わそうとこんなことを」

奥歯を噛《か》み締めた。

「咄嗟《とっさ》にこのような術をしかけるとはなかなかだな。だがこれまでだ。貴様の術は破れた。戯言《ざれごと》は終わりだ。潔《いさぎよ》く立ち合え！」

ゆうなはキョトンとしてた。

椿が何言ってるのかわからなかったからだ。

時代劇部の台詞《せりふ》の練習かな？　練習熱心なんだな。

そのぐらいにしか思ってなかった。

「貴様を斬《き》る！」

椿は構えた。真双津《まつぶたつ》流抜刀術の基本、清流居合いの構えだ。

それから、握り締めてるのがテニスラケットだってことを思い出した。

「だあああああああああああああ!!」

椿はまた騒いだ。

顔に似合わずにぎやかな人だなって、ゆうなはクスって笑った。

「待っていろ、この破廉恥《はれんち》な格好を着替えて刀を持ってくるから。分かったな」

椿が走り出そうとしたその時だった。

「危ない！！！」

向こうのコートからそんな叫びが飛んだ。

一つのテニスボールが、すごい勢いでゆうなに突っ込んで来た。

「え？」

ゆうなはポカンとしてて気がついていない。

このままではテニスボールがゆうなの後頭部にポカンと当たってしまう。ただでさえぽ～っとしてるのが余計にぽ～っとしてしまう。

しかし、テニスボールはゆうなの後頭部には当たらなかった。

ウソのように、かき消えてしまったのだ。

「あれ？　確かボールが……」

目をぱちくりさせてるテニス部員達。だけど椿だけはそうじゃなかった。

椿の瞳《ひとみ》には、ボール消失事件の一部始終がうつっていた。

ゆうなめがけて飛んで来るボール。だけど斜め上から突っ込んで来た鋭い物が、そのボールを串刺《くし》しにしそのまま通り過ぎて行ったのだ。

「忍び針か………」

椿《つばき》は、鋭い物が飛んで来た方向に目を向けた。そこには一本の木があった。枝が、不自然にざわめいた。

「そこか！！」

近くに転がってたテニスボールを拾い上げ、それを空中に放り投げた。自分自身もジャンプし、ラケットを振りかぶる。

「あれは！」

エミが叫んだ！

「かつてシカゴオリンピックにおいてロシアの選手、テニスコルビチャーナが使ったと言われる幻のサーブ。スーパーコルホーズピロシキアタック!!」

「くらええぇ！」

ビカビカビカっていかにも必殺サーブ出ちゃうような演出つきで、ラケットが振り下ろされた。

椿の見立ては完璧《かんぺき》だった。

確かに、ゆうなを救った何者かはそこに潜んでいた。

ただ、椿は大切なことを一つ忘れていた。

自分が、テニスのど素人だってことをだ。

思い切り強く打ち出されたテニスボールは、狙《ねら》いを大きく外れて近くのポールにぶつかり、そして戻ってきた。

テニスボールは、椿の顔面にクリーンヒットした。

なまじっか鍛えた腕でうちとばしただけにその威力は天文学的だった。

椿は、完全ＫＯされた。

その場に仰向《あおむ》けにぶっ倒れた。

薄れ行く視界の中に、駆け寄ってくるゆうなの顔が見えた。

「椿ちゃ〜〜〜〜〜ん」

椿は、敗北って言葉を噛《か》み締めたまま、意識を失った。

6

ぼんやりと、視界が明るくなった。

遠くに白い天井が見えた。それに、鼻の奥をくすぐるのはツンとした消毒液の香り。

保健室………か。

心の中でそう呟《つぶや》いた直後、

「あ、起きた？　椿ちゃん」

ゆうなのにぱって笑顔がいきなり割り込んで来て、椿《つばき》は慌《あわ》てて飛び起きた。

結果、おでことおでこがごっつんした。

「いった〰〰〰〰〰ぃ」

二人して頭を抱えることしばらく。

「えへへ、椿ちゃんもけっこうドジなんだね。わたしと一緒だ」

ゆうなのこの言葉に、椿は一瞬舌を噛《か》もうかと本気で迷った。

「迂闊《うかつ》だったぞ」

奥歯を噛み締め、絞り出すようにして椿は言った。

「貴様、忍《しのび》を飼っておるな！」

「しのび？」

「忍者のことだ！」

椿の真剣な質問に、ゆうなは真剣に答えた。

「わたし、忍者なんて飼ってないよ」

おまけに付け加えた。

「金魚なら飼ってるけど。忍者と金魚。ちょっと似てるね。にんじゃ、きんぎょ。にんじゃ、きんぎょ。にんぎょ。きんじゃ。……ねえ、きんじゃって何だろ？」

「知るか！」

ぜーはーぜーはーって椿は荒く息をした。

いかん、真面目に相手してたら寿命が縮む。

椿は、深呼吸をすると、心に清流を思い浮かべた。

いつもの冷静な自分を取り戻し、椿は言った。

「全《すべ》ては子飼いの忍にやらせていたとはいえ罪は罪。拙者《せっしゃ》が成敗……」

刀がないってことに椿は気がついた。

「拙者の剣はどこだ？」

「椿ちゃんのお見合い刀なら、ちゃんと傘立てに立てておいたよ」

「何だと！　先祖代々伝わる斬瀬羅満狗剣《ざんせらみつくけん》を傘立てなんぞに！」

いつもの冷静な自分は、たった十数秒で終了した。

「それにお見合い刀とは何だ？　拙者の剣を侮辱《ぶじょく》するのは許さんぞ！」

うがうが吠《ほ》える椿の相手をしながら、ゆうなはちょっと心配になった。

椿ちゃん。テニスボールが当たった衝撃で頭がぱんぱらぴ〜になっちゃったのかしら。

「椿ちゃん」

ゆうなは指を二本突き出し言った。

「いちたすいちはな〜〜〜に？」

「…………」

椿が思い切り呆気《あっけ》に取られてた時だ。保健室の扉が開いた。

「お〜〜〜い、ゆーな」

「まも君。帰ったんじゃないの？」

「いや、帰ろうと思ったら校門のとこで古典の片町《かたまち》先生に捕まっちゃってさ」

いや〰〰まいったねってマモルは後頭部を掻《か》きながらやって来た。

「結局、ずっと絞られてたんだ。まだゆーないるかなって思ってテニスコートに行ったら、なんか保健室に行ったたって言うから」

「そ〰〰なの。お友達の椿《つばき》ちゃんが」

「貴様と友達になった覚えなぞない！　この悪党が！」

「椿ちゃん」

ゆうなはものすごく悲しそうな顔をしてから、やっぱり指を突き出した。

「いちたすいちはな〜に？」

「だから止《や》めんか！　その訳の分からん質問を！」

椿がヒステリックに両手を振り回した。

「出て行け！　出て行けって言ったら出て行け！」

「………分かったよ。椿ちゃん。ごめんね。お節介しちゃって」

ゆうなは寂《さび》しそうに呟《つぶや》いた。

「行こ、まも君」

「え、ああ」

歩くゆうなを追いかけるマモルのズボンから、一枚の木の葉が落っこちた。

二人が出ていった後、椿はそれを拾い上げた。

「これは…………」

椿は思い出した。テニスコートにおいて、ゆうなを守った者が潜んでいた木のことを。

「そうか、あいつか。あいつがそうだったのか」

椿は固く唇を引き結んだ。

「見つけたぞ。忍《しのび》め！」

7

「椿ちゃん。大丈夫かな？」

帰り道を歩きながら、ゆうなが呟いた。

「大丈夫だろ。見たところ元気そうだったし」

「でも、何言ってるかわかんないとこあったし、もしかしたらテニスボール当たったせいで頭がぱんぽろぴ～んに」

ゆうなは少し考え直してからこう訂正した。

「ぴんぽろぱ～んかな？」

マモルは苦笑すると、実感を込めて呟いた。

「何言ってるかわかんないのはお互い様だろ」

「ん？　何か言った？」

「何でもない。何でも」

そこで、マモルはぴたりと足を止《と》めた。

「悪い。ちょっと用事があるんだ。先に帰っててくれないかな」

「え？　別に時間ない訳じゃないから付き合ってあげても」

「いや、ちょっと時間かかるからいいよ」

「そう、じゃあ帰るね」

少し寂《さび》しそうな顔して、ゆうなはその場を後にした。

「さてと」

ゆうなの姿が見えなくなるまで待ってから、マモルはゆっくりと振り向いた。

こちらに向かって歩いてくる娘がいた。

椿《つばき》だった。もう瞳《ひとみ》に眩《まぶ》しいテニスウェアからもとの女剣士の服装に戻ってた。

もちろん、握り締めてるのはテニスラケットじゃない。斬瀬羅満狗剣《ざんせらみっくけん》だ。

椿が走った。マモルめがけて突っ込んでくると、その右手を動かした。

光が一閃《いっせん》した。

マモルの姿が真っ二つに、と思いきやその影がゆらぐ。毎度お馴染《なじ》みの残像なのだ。

近くのブロック塀《べい》の上にしゅばっと現れ、マモルは口を開いた。

「いきなり斬《き》りつけるなんざ物騒《ぶっそう》じゃないか」

「黙れ！　外道め！」

　椿は居合いの構えを取ったまま声を張り上げた。

「拙者《せっしゃ》の名前は、真双津椿《まつぶたつ》！　正々堂々と勝負しろ」

「やなこった。どうして僕がそんな面倒臭いことしなくちゃなんないんだよ」

「しれたこと。お前はあの紺若《こんにゃく》ゆうなという娘に飼われてる忍《しのび》なのだろ？　だとしたら、戦わずにはいられないはずだ」

　椿は口元を歪《ゆが》めた。

「拙者は、あの娘を殺すために雇われたのだからな」

　マモルは軽く舌打ちした。

「そんなんじゃないかってうすうす思ってはいたけど。やっぱそうだったのか」

ため息一つ吐き出してから、椿に顔を向ける。もう先ほどまでの崩れた表情じゃない。

凄味《すごみ》を感じさせる険しい顔つきだ。

　その手には、苦無《くない》が鈍い光を放っていた。

「やっとやる気になってくれたようだな」

　嬉《うれ》しそうに、椿は目を細めた。

「だがここでは人目につく。町外れに砕石場があるだろう。そこで戦おうではないか」

　椿の腕が動いた。

　光が走り、近くに止《と》めてあった車が真っ二つに割れた。

「待っておるぞ」

カチャッと音をたてて刀をしまうと、椿《つばき》はゆっくりと歩き出した。

「つばき……か」

ふと気がついてみると、制服の袖《そで》の部分がすっぱり切れていた。

「ちゃんと避けたつもりなのに」

固い表情で、マモルは呟《つぶや》いた。

「今回ばかしは、おちゃらけはなしかもな」

やって来た車の持ち主らしき外国人が、軽く卒倒《そっとう》した。

「ＯＨ！　ＮＯ！」

8

人気のない砕石場、石の上に正座し椿は目を閉じていた。

風が動いた。

椿はゆっくりと瞳《ひとみ》を開け言った。

「来たか」

姿を現したのは、他《ほか》ならぬマモルだった。だけどもうぐるぐるメガネののんぽり高校生の姿じゃない。

黒装束に身を包み、覆面の隙間《すきま》から鋭い瞳を覗《のぞ》かせた陰守《かげもり》忍者のマモルなのだ。

『お前が喋《しゃべ》れなくなる前に聞いておく』

覆面越しに、マモルは言った。

『一体誰《だれ》に頼まれた？　誰がゆーなのことを狙《ねら》ってるんだ』

「知る必要はない」

椿が立ち上がった。

「貴様はここで拙者《せっしゃ》に斬《き》られるのだからな！」

椿が居合い抜きした。

蹴《け》飛ばし避けたマモルは、懐から無数の投げ苦無《くない》を取り出し椿に向かって投げつけた。

たった一凪《ひとな》ぎで、椿はそれらを打ち殺した。

たった一瞬の攻防、しかしそれはお互いの技量を図るには十分だった。

「お主、強いな」

椿がうっすらと笑みを浮かべた。

「うずうずするぞ」

『そっちこそやるじゃないか』

マモルも言った。

『ぞくぞくするね』

しばし対峙《たいじ》したままの睨《にら》み合いが続く。

先に動いたのはマモルだった。背中の忍者刀を引き抜くと一気に襲いかかる。

椿《つばき》も走った、剣のつかに手をかけながら地面を蹴《け》飛ばす。

『おりゃあああああ！』

「おりゃあああああ！」

ジュバ!!

二人がすれ違い、静止した。

『手応《てごた》えあり……』

って呟《つぶや》くマモルだったけど………。

まず、忍者刀が輪切りにされた。

『おぎゃ！』

それから、覆面が細切れにされた。

「あぎゃ！」

ビン底メガネをつけてない、マモルの素顔が現れた。

「この斬瀬羅満狗剣《ざんせらみつくけん》に、この世で斬《き》れぬ物はなし！　覚悟しろ！」

「確かに、そうみたいだな」

輪切りにされた忍者刀を見下ろして、マモルは思った。

これ高いのにな。母さんに何て言おう。

だけどまあ、そんなこと考えてる場合じゃない。

「ならもう少し、忍者らしく戦わせてもらうぞ」

懐から煙玉を取り出し、マモルは椿の足下に投げつけた。


「!!」

椿の視界が一瞬にして煙に被《おお》われる。

「この程度で拙者《せっしゃ》の目を塞《ふさ》いだつもりか！」

椿は居合いの構えで瞳《ひとみ》を閉じた。神経を張り巡らせる。

鍛え抜かれた超知覚が、気配を捕えた。

「そこだ！」

鞘《さや》というレールを通り打ち出された刃《やいば》が、気配を完全に打ち破った。

「やったか！」

やってなかった。

微《かす》かに煙が晴れる中、横たわるのはまっ二つにされた丸太だった。

「くっ！！！」

次の瞬間、飛んで来た鎖が椿の体をがっちりとからめた。

椿の手から、刀が落っこちた。

「どうだ？　もう刀は使えないだろ？」

鎖にからまれた椿を見下ろし、マモルは口を開いた。

「さぁ、教えてもらおうじゃないか。ゆーなを狙《ねら》ってるのはどこのどいつなのか？」

椿《つばき》が笑った。この状況にはそぐわない笑いだ。

「くっくっくっくっくっくっく」

「何がおかしい？」

「こんな鎖で、拙者《せっしゃ》を動けなくしたとでも思っているのか？」

「何だと？」

「よく見ていろ！」

椿は転がってる剣を足で蹴《け》り上げた。

剣は、刀身を光らせひゅるひゅると回転しながら椿めがけて落っこちてくる。

「バカ！　なにをする気だ！」

ズバ！！！！

剣が、椿の目の前に突き刺さった。

そして、断ち切られた鎖がばらばらと解《ほど》けた。

突き刺さった剣を、椿は引き抜き鞘《さや》に納めた。

「すぐにでも斬《き》りつけたい所ではあるが、少しお前に質問したくなった」

椿は眉《まゆ》を寄せ言った。

「教えろ？　何故《なぜ》お前程《ほど》の忍《しのび》があのような悪党にかしずいている。何故だ？」

「悪党？　誰《だれ》がだ？」

「あの紺若《こんにゃく》ゆうなだ!!」

「……………………ゆーなが悪党だって？」

マモルは思わずプププって噴き出した。

いわば悪党って言葉の反対側でお花を育ててるような奴《やつ》だ。ゆうなってのは。

どうやら、椿は大きな誤解をしているようだ。

その誤解を解けば、和解出来そうだ。

こんな物騒《ぶっそう》な相手とは、出来れば戦いたくない。

よし、和解しよう！

マモルの脳細胞が満場一致でそう結論を出した。

「よく聞け、ゆーなは悪党なんかじゃ……」

マモルが誤解を解こうと喋《しゃべ》り始めた時だ。

一陣の風が吹いた。

そして、椿の着物がはらりとはだけた。

鎖をたち斬《き》る際、剣は余分なところまで斬ってしまってたようだ。さすが銘刀《めいとう》と呼ばれる斬瀬羅満狗剣《ざんせらみっくけん》だ。視聴者のニーズってのを分かってる。

形のいい二つの膨らみが、解けたさらしの中からこぼれ落ちた。

鼻血ぶ―――――――――！

陰守《かげもり》マモル。現代に生きる忍者の家系に生まれ、幼き頃《ころ》より様々な忍術と体術を叩《たた》き込まれたスーパー高校生。

しかし、そんな彼にも唯一の弱点があった。

女性の裸なのだ。

「あああああああ！！！！！！」

はだけた前に椿《つばき》も気がつき、慌《あわ》てて前を押さえる。

「貴様ぁぁぁぁぁぁ！」

顔を真赤にして、椿はマモルを睨《にら》み付けた。

別にマモルがやった訳じゃないんだけど、行き場のない恥ずかしさをマモルに向けたのだ。

「殺す!!」

きゅって素早く腰ヒモを縛り直すと、椿はマモルめがけて突っ込んできた。

ヤバイぞってマモルは思った。

ダブルな膨らみを目撃してしまい、くらくらしてるこの頭で戦うのは危険。しかも椿はバーサスモードでクリティカルヒットがばしばし出てしまいそうな様子ときてる。

気おくれしたマモルは、迷わず逃亡って選択肢を選んだ。

「さいならバイバイ！」

「待てぇぇぇぇ！」

二人の追いかけっこが始まった。

マモルが逃げるその後ろではいろんなもんがぶった斬《き》られてた。目茶苦茶に刀を振り回してる椿《つばき》の仕業《しわざ》だ。

「成敗成敗成敗成敗成敗成敗！」

駐車してあった車が斬られた。脇《わき》に生えてた木が斬られた。転がってた石も斬られた。電柱も斬られた。ポストも斬られた。斬られまくり大魔王だ。

「うぎゃあああああああ」

鼻血ブーの鼻には、とりあえず丸めたちり紙をつめたけど、正常を取り戻すまでにはもう少し時間がかかりそうだ。

曲り角にて、マモルは一瞬考えた。

どこへ逃げようか？

次の瞬間だった。背後に殺気を感じたのは。

「成敗！」

反射神経だけの動きで、マモルは地面を蹴《け》飛ばした。

「逃すか！」

椿が構えた。これまでとは少し違った構えだ。

そして、必殺技が出た。

「真双津流《まつぶたつ》奥義！　斬撃春一番《ざんげきはるいちばん》！」

強烈な竜巻が、剣の一振りにより生み出された。それは空中のマモルに襲いかかる。

「あ〜〜〜〜〜〜〜〜〜〜〜〜」

華麗に飛ばされて、マモルはぐしゃって小さなトラックの上に落っこちた。

「とどめだ！」

ジャンプし、襲いかかって来る椿が見えた。

「！！！！！！！！！」

刀の鞘《さや》から、鋭い光が漏れるのが見えた。抜き身の光だ。

マモルは最後の力を振り絞って体をよじった。

ドム！

それまでとは違い鈍い音が、辺りに響いた。

椿の剣がトラックに突き刺さり、そこで止《と》まっていた。それ以上斬り進むことが出来ずにいる。

「まさか、このトラックの中身は……」

椿がかすれた息を吐き出した。

「まさか、まさか……」

マモルは気がついた。

トラックに書いてある文字にだ。

『株式会社、こんにゃくパパ』

聞き覚えのある会社だ。それもそのはずだ。堅護《けんご》父さんとゆうなの父親が働いてる会社なのだから。

こんにゃくパパは、こんにゃくだけでなく、こんにゃくゼリーとかこんにゃくアロエとかこんにゃくナタデココとか、こんにゃく関係の食品を作ってる会社なのだ。

「まさか、そんな」

刀を抜き、トラックと距離を開ける椿《つばき》。マモルも遠巻きにその光景を見つめる。

トラックの外壁が、音をたてて崩れ落ちた。

そして、その中から現れた物は……。

だだ～～～～～～～ん！

巨大な四角い半透明の塊だった。

「こんにゃくか？　いや、違う」

こんにゃくだったらもっとぷにょっとしてるはずだ。

「そうか！」

椿の剣を止《と》めた存在、それは。

マモルは叫んだ。

「ナタデココだ！！！」

だだだ～～～～～～～ん！

「もしかして……その刀」

マモルは、呆然《ぼうぜん》としてる椿に言った。

「ナタデココ……斬《き》れないのか？」

椿はきっとマモルを睨《にら》み付けた。戦闘再開……と思いきや――。

椿はがっくりと膝《ひざ》をついた。

そして言った。

「拙者《せっしゃ》の負けだ」

「え？」

「この斬瀬羅満狗剣《ざんせらみつくけん》の弱点がナタデココだということを知られてしまった時すなわち、完全敗北なり。それが真双津《まつぶたつ》家の先祖代々の掟《おきて》だ」

「先祖代々の掟って、ナタデココってそんな昔からあるもんなのか？」

ちょっと疑問に思ったけど、口をはさむのは止《や》めておいた。

せっかく敗北を認めてくれちゃってるのだ。ここはこのまま認めてもらってた方がいい。

「さ、好きにしろ」

椿はその場に正座すると目を閉じた。煮るなり焼くなり押し倒すなり顔に落書きするなりご自由にってな感じだ。

「よし、それじゃきっちり話してもらうぞ」

やっとこさ鼻血が止《と》まったから、フンって鼻栓飛ばし、マモルは聞いた。

「一体、どこのどいつがゆーなのこと狙《ねら》ってるのか」

「それは出来ん」

椿は口をへの字に曲げた。

「依頼主を悪党に知らせることなどな」

「だから悪党って何なんだよ」

「とぼけても無駄だ。拙者《せっしゃ》は知っているのだぞ。貴様があの娘の命令で罪なき善良な市民をこってんぱんのぐっちょんぐっちょんにしたことをな。証拠の写真だって見せてもらった。いかつい男達と固太りの男達だ。老人や動物だっていたぞ」

「ああ、あの連中か」

マモルは頷《うなず》いた。

「確かに、ありゃ僕がやったんだよ。だけど別にゆーなに頼まれてやった訳でも何でもない。第一、ゆーなは僕が忍者だってことは知らないんだからな」

「どういうことだ？　飼われているのではないのか？」

「誰《だれ》も飼われちゃいないよ。大昔のふざけた掟《おきて》って奴《やつ》のせいで、陰からこっそり守ってる。それだけだよ」

バカらしいだろって、マモルは鼻で笑った。

「あの連中をぶちのめしたのだって、ゆーなのことさらおうとしたり殺そうとしたからだよ」

「どういうことだ？」

「これは、推測なんだけど」

マモルはそう前置きしてから言った。

「多分、ゆーなは麻薬の取引か何かを目撃しちまったんだろうな。それで口封じをされようとしてんだよ。おそらく」

「何だと！」

「で、椿。お前さんに依頼した連中ってのは、おそらくこの取引をしてた連中だぞ」

「それでは、拙者は騙《だま》されていたということか！」

「そういうことだろうな」

「なんと……」

椿が拳《こぶし》を握り締めた。ぎちぎちと奥歯を噛《か》み鳴らす。

「許せん！　あの外道めが！」

立ち上がる椿《つばき》に、マモルは言った。

「行くんだったら一緒に行かせてくれよ。僕もきっちりおとしまえつけとかなくちゃいけないからさ」

鋭い瞳《ひとみ》でくり返した。

「きっちりとね」

10

「もはやあの小娘も生きてはいまい。たとえ忍者だとしてもな」

葉巻をくゆらせながら、極悪《ごくあく》火《ひ》堂《どう》左《ざ》衛門《えもん》は笑いを響かせた。

「にしても、忍者とサムライの戦いか。まるで時代劇だな。ＡＶ撮ってる連中に言ってこっそり撮らせれば良かったな。きっと、時代劇マニアに高く売れたぜ」

火堂左衛門が大口を開けて笑った時だ。

部屋に入ってくる一人の娘の姿があった。

「てめえ！　挨拶《あいさつ》もなしで！」

息まく組員達をたしなめ、火堂左衛門は両手を広げた。

「ご苦労だった。椿さん。仕事の方は片づいたんだろ？　報酬の話は後にして飯でも」

椿は何も言わず、ただ刀のつかに手をかけた。

そして、一閃《いっせん》させた。

火堂左衛門の目の前の机が、真っ二つに割れた。

「何をするんだ！」

「それはこっちの台詞《せりふ》だ。よくも拙者《せっしゃ》をたばかってくれたな」

凄味《すごみ》のある声で椿は言った。

「あの娘は悪党でも何でもなかった。悪党はお前達の方だったのだな」

「何を………バカなことを」

「とぼけても無駄だ。お前の部下を一人締め上げた。全部吐いたぞ。麻薬の取引現場をあの娘に見られ、口封じをしようとたくらんでいたことをな」

「ぐっ」

火堂左衛門は激しく詰まった。

もはや言い逃れは出来ない。そう悟ったのだ。

そうなると、目の前の女剣士はとんでもない脅威となる。なんてったって悪党は斬《き》るって信念を持ってる困ったちゃんなお方だ。

「そうかい、そこまで知られてちゃしょ～がねえな」

火堂左衛門は開き直った。開き直りは得意な方なのだ。開き直りが上手《うま》くなきゃこの業界のトップにはなれない、

「気の毒だが、俺《おれ》に刀を向けるって言うならあんたにも死んでもらうぜ」

火堂左衛門が合図した。すぐに拳銃《けんじゅう》やら刀やらを持った組員達がどやどやどやどやどやどやどやどや押し寄せてくる。

「組長！　大丈夫ですかい？」

「組長！　任せてつかさい！」

「組長！　ぶちかましてやりますたい！」

ちょっと押し寄せ過ぎた。

「え〰〰〰〰い！　部屋の大きさを考えろ！」

怒鳴られて、半分くらいが出ていった。

それでも椿《つばき》を取り囲むには十分だった。

「くっくっくっく、さすがのあんたでもこの数を相手にするのは無理があるだろ？」

含み笑いを浮かべる火堂左衛門《ひどうざえもん》だけど、椿は顔色一つ変えなかった。

「真双津流奥義《まっぷたつ》！　斬撃花嵐《ざんげきはなあらし》！」

いきなりの必殺技に、取り囲んでた連中が一瞬でKOされた。

「組長！　大丈夫ですかい？」

「組長！　任せてつかさい！」

「組長！　ぶちかましてやりますたい！」

廊下で待機してた残りの連中も押し寄せて来たけど、もちろん、KOされるまでに時間はかからなかった。

「じょ、冗談じゃない。あんなバケモノの相手が出来るか!!」

ひーこらひーこら走りながら、火堂左衛門は駐車場へとやって来た。

命からがらなんとか秘密の抜道を通って抜け出して来たのだ。

そこにあったオープンカーに乗り込むとエンジンをかける。

勢い良くアクセルを踏んだ瞬間、車が悲鳴を上げた。

まずタイヤが潰《つぶ》れた。

続いてドアが外れた。

「ど〜〜〜なってるだ？」

呆然《ぼうぜん》とする火堂左衛門の耳に、その声は聞こえてきた。

『おとなりを　守り続けて　４００年』

「誰《だれ》だ！」

少し離れたコンクリートの地面の上に、シュバッと現れる影があった。

闇《やみ》色の忍《しのび》装束。風になびく首巻。覆面。

照明に照らされるその姿は、紛《まぎ》れもない。忍者だった。

「に、忍者……」

ゆっくりと、忍者は歩み寄ってくる。

「くっ！」

火堂左衛門は懐から拳銃《けんじゅう》を引っ張り出すと、忍者に向けてトリガーを引いた。

だけど、忍者の姿はそのつど揺《ゆ》らぐだけで、弾が当たっている気配はない。

魔性の者。

かの有名な織田信長《おだのぶなが》が、忍《しのび》のことをこう呼び恐れたって話が、火堂左衛門《ひどうざえもん》の頭に浮かび上がった。

弾が終わった。

忍者はゆっくりと歩み寄ってくる。

火堂左衛門は、涙と鼻水をだーだー流して訴えた。

「待ってくれ！　金ならいくらでも払う！　悪かった！　もうあの娘を狙《ねら》うこともしない！　だから、だから！」

火堂左衛門は泣き落としも得意だった。

だけど忍者には通じなかった。

ゆっくりと歩み寄って来た忍者は、火堂左衛門の前に立った。そして………。

「うぎゃぁぁぁぁぁぁぁぁぁぁぁぁぁぁぁぁぁぁぁぁぁぁ！」

火堂左衛門の悲鳴が、夜の空に響いた。

11

そして、翌日。

「ねーねー、まも君ニュース見た？　ニュース」

　学校へ行く道すがら、ゆうながくっちゃべった。

「昨日の夜にね、すっごい大きなヤクザの事務所が襲われてね。組長さんも組員さんもこってんぱんのぎったんぎったんにやられちゃったんだって」

「ふ〰〰〰〰〰ん」

　大して興味なさそうに、マモルは鼻を鳴らした。

「でもね、一番びっくりなのはさ。目撃者の話だと、襲って来たのは侍《さむらい》と忍者だったって言うんだよ」

「侍と忍者ねえ」

「ねえ、やっぱりまだいたんだよ。絶滅してなかったんだよ。侍も忍者も」

　ゆうなは目をきらきらさせた。

「見れるもんなら見てみたいよね。侍と忍者」

　侍はともかく、忍者はいつも見てるんだぞ。

　マモルは、心の中だけで囁《ささや》いた。本当に小声で。

「あ、そーだ」

　校門をくぐった所でゆうなが口を開いた。

「テニスウェア洗濯して来たの返さなくちゃ。わたしちょっとテニス部の部室に行って来るから。教室でね」

　ゆうながぱたぱた駆けていった。

「こけるんじゃないぞ」

って声をかけた直後にゆうなはパタッてこけた。

「えへへへへ」

立ち上がったゆうなは、はずかしそーにマモルの方を見て笑った。

そして元気にまた走り出した。

「やれやれ」

ため息一つ吐き出し、マモルが歩き出そうとした直後、

「おい、陰守《かげもり》」

そう話しかけられ、マモルは振り返った。

「椿《つばき》！」

そして尋ねた。

「何だよ。その格好？」

「笑ったら斬《き》る！」

顔を赤くして、椿はマモルを睨《にら》み付けた。

女剣士の格好ではなかった。かと言ってテニスウェアでもない。

椿の格好は、浅間山《せんげんやま》学園高校の女子生徒の格好。つまり制服を着ていたのだ。

もっとも、剣だけは小脇《わき》にしっかり抱えてたけど。

「まあ、何と言うかだな。一言で言うとだ。拙者《せっしゃ》、今日からこの高校に通うことになった

のだ」

「あ？」

「今回の件も、拙者の未熟さゆえに誰《だれ》が悪党なのかを見誤った訳であるしな。少し都会で見聞を広めようと思い」

「それにしたって、いきなり高校に通うってのは、それに住む所だって」

「実は父の古い知り合いがこの近くで剣道道場を開いていたのだ。そこに厄介《やっかい》になることになったのだ。偶然とは恐ろしいものでな、なんとこの学校の理事長とやらと懇意にしているということで。あっという間に話がまとまってしまったのだ」

「なるほど……そういうこともあるんだな」

「そこでだ、一つ頼みがあるのだが」

あらたまって、椿は言った。

「そのだな、何とゆーか、やはり高校生活を営むうえでは必要と言うか……体験しておいた方がいいと言うか……」

どうにもモジモジしてて話が先に進まない。

マモルが欠伸《あくび》を三回程《ほど》した後、やっと椿は一歩歩み出た。

「拙者、部活動というものをやりたいのだ！」

「ふ〰〰〰ん、何部？」

またモジモジ虫が復活した。

マモルがさらに欠伸《あくび》回数を三回ほど重ねた頃《ころ》、椿《つばき》は囁《ささや》いた。

「……………テニス部だ」

「テニス……ね」

「今鼻で笑ったろ？」

「笑ってない笑ってない」

本当は笑ったけど、マモルは一生懸命しらばっくれた。

「で、僕に頼みってのは何だ？」

「だから、その入部の手続きとかなんと言うかその……一人では行きづらいと言うか何と言うかで……一緒に行ってはくれんか？」

「ど〜〜〜して僕が」

「いいだろ？　拙者《せっしゃ》とお前はいわば同じ穴のムジナではないか」

「一緒にすんなって」

「頼む陰守《かげもり》！」

「だ〜〜〜〜〜〜引っ張るなって服を」

なんてことやってるとこへ、ゆうながやって来る。

「あ〜〜〜〜〜、椿ちゃん。大丈夫なの？」

「紺若《こんにゃく》！　………その、昨日はいろいろと失礼した」

「ううん。いいんだってば。うわ〜〜〜、制服姿も格好いいな」

背の高い椿を見て感嘆してるゆうなは、それからふと気がついて言った。

「あれ？　まも君と椿ちゃんって知り合いだったの？」

「その何て言うか……なあ陰守」

「まあ、何て言うか、ゲームで言うとこのジョブが近いって言うか。そういう関係だ」

「ふ〜〜〜ん」

もちろん、ゆうなはあんまし気にしなかった。あらためて椿を見直し格好いい格好いいって騒いでる。

「そだ、ゆーながいるじゃん」

これ幸いとばかしにマモルは早口に説明した。

「実はさ、椿は今日からこの学校に転校して来たんだ。昨日は、まあ体験入学みたいなものだったんだ。昼休みの寸劇も、飛び入り参加みたいなもんだったんだ」

「へ〜〜〜〜、そうだったんだ」

「でだ、椿が部活に入りたいって言ってるんだ。それで、放課後あたり部室まで連れてってやってくれないか？」

「いいよいいよ。全然オッケーだよ」

「すまん。紺若」

椿が深々と頭を下げた。

「拙者が、入りたい部活というのはだな」

そこでまたもじもじ虫が始まった。

ゆうなは笑いながら言った。

「分かってるよ。椿《つばき》ちゃんが入りたい部活ってこれでしょ？」

ラケットを握り締めて振るようなしぐさをゆうなはして見せた。

「そうだ、どうして分かった？」

「そんなの分かるよ。あの時の椿ちゃん、目がきらきらしてたもん」

「そ、そうか？」

「うん、放課後だよね。任せて任せて」

ゆうなはどーんと胸を叩《たた》いた。

マモルは、なんかちょっといやな予感がした。

ゆうながどーんと胸を叩いた時は、大抵何かがどーんと間違ってるってこれまでの長い付き合いの中で分かってたからだ。

だけど、ま。今回は大丈夫だろ。間違いようがないし。


そして……。


「まもく〰〰〰ん」

国語研究室から出てきたマモルに、ゆうなが駆け寄って来た。

「古典の補習終わったの？」

「ああ、宿題もらっただけで早くに終わったよ」

やれやれってしてから、マモルは尋ねた。

「椿、部活に連れてってやったんだろ？」

「うん、もうみんなすごく喜んでたよ。即戦力です即戦力ですとか言って」

「即戦力？」

マモルはちょっと首を傾《かし》げた。

昨日の様子を見る限り、椿のテニスの腕前はミルクを吐いちゃう赤ちゃんだ。そりゃコツを覚えればとてつもなくうまくはなる素質はあると思うが、即戦力って言葉があてはまるとは到底思えない。

「ちゃんと連れてったんだよな？　この部活に」

マモルは、ラケットを振る仕種《しぐさ》をして見せた。

「うん、ちゃんと連れてったよ。この部活に」

ゆうなは、ラケットを振るような仕種をして見せた。

ちょっといやな予感がした。

「もう早速次の発表会から主役も狙《ねら》えるかもしれないってみんな言ってたよ」

テニスに発表会はないはずだ。

テニスに主役もいないはずだ。

いやな予感がだいぶ膨れ上がった。

だから尋ねた。

「何部に連れてったんだ?」

「だから時代劇部でしょ」

いやな予感は的中した。

あちゃ〰〰〰ってマモルは目を閉じた。

「お芝居の時の椿《つばき》ちゃん、いきいきしてたもんね。それにあんな格好してるってことは、やっぱり時代劇大好きなんだよ」

自分が何をしたかってことに、これっぽっちも気がついてない所が、始末の悪い所だ。

ど〰〰したもんだろ?

マモルは考えた。

今からゆうなに本当のことを教え、時代劇部に足を運び椿を救出。その後、晴れてテニス部へと向かう。

やって出来ないことはないけど……。

面倒くさい。

「ま、いっか」

その一言で、マモルは片づけた。

「そっちの方が似合ってるしな」

「さ、帰ろう。まも君」

「お〰〰〰」


「何かがおかしい」

椿は、口の中で呟《つぶや》いた。

なぜに、テニスの稽古《けいこ》をするのに皆着物を着ているのだろうか？

なぜに、テニスの稽古をするのにこんな裏庭に来るのだ？

なぜに、ラケットでなく竹刀を振っているのだ？

様々な疑問が頭を過《よぎ》る。

そして、究極の疑問が浮かび上がる。

ここは本当にテニス部なのか？

「いかんいかん」

椿は考え直した。

郷に入っては郷に従えという言葉がある。きっと独自の練習方法に違いない。この練習に耐えた者のみが、あの純白のテニスウェアをまといラケットを持ちテニスコートの中で汗をかくことが許されるのだ。そうに違いない。

「よし、それじゃ今度は早口言葉の練習をしようか」

「早口言葉？」

さすがの椿《つばき》も声を上げた。

「どうして早口言葉など」

「台詞《せりふ》をスムーズに言えるようにするためさ」

「台詞………そうか」

椿は思い出した。

実家にいる時にテレビで見たテニスの試合、そこでプレーヤーが、「そ〰〰れ」「えい！」「いけ！」とか言っていたことを。

「てっきり、あれは単なるかけ声だと思っていたが、まさか台詞だったとは」

テニスは奥が深い。

椿はうんうんと頷《うなず》いた。

「それじゃ、行くぞ。赤パジャマ青パジャマ黄パジャマ」

「赤パジャマ青パジャマ黄パジャマ！」

「生麦生米生卵」

「生麦生米生卵！」

「坊主が屏風《びょうぶ》に上手《じょうず》に坊主の絵を描いた」

「坊主が屏風に上手に坊主の絵を描いた！」

一生懸命に、早口言葉を繰り返す椿。

彼女がことの真相を知るのは、一週間もたった後のことだった。

めでたしめでたし

第⑤話　ネズミーランドでゴーゴー！

1

とある土曜日の朝。

時刻は午前八時を少しだけ回った頃《ころ》だ。

「ふわ～～～～～」

大きな欠伸《あくび》をしながら、ゆうなは階段を下りて来た。

もう起きてた両親におはよ～～～～すると、テーブルにつく。

まだ半分眠ってる顔つきで朝食のトーストをかじりながら、ゆうなは呟《つぶや》いた。

「今日は何しよっかな？」

休日の過ごし方だ。

せっかくのお休みに、ずっと家にいるってのは何だかとってももったいないような気分なのだ。

「図書館にでも行こ～～～～かな～～～。それともデパートにしよ～～～～かな～～～」

のんびり考えてた時だ。

テレビに、夢とメルヘンの王国が映った。

東京ネズミーランドだ。

『期間限定、春のスペシャルパレードは、来週までです』

レポーターのお姉さんがそんなことを言った。

「え！！！」

ゆうなから寝惚《ねぼ》けが吹っ飛んだ。

何てことない。ゆうなはネズミーランドが大好きなのだ。

なんてったって年間パスポートを買っちゃってるくらいなのだ。

もう今年に入って三回も行ってるのだ。

『期間限定、春のスペシャルパレード！』

その言葉を聞き逃すゆうなじゃなかった。

もちろん、見逃すゆうなでもなかった。

「決めた！　今日はネズミーランドに行こ！」

ゆうなは決めた。

「まも君と一緒に！」

勝手に決めた。

2

東京ネズミーランド。言わずとしれた巨大遊園地だ。

東京駅にてちょっと面倒くさい乗り換えもあるけど、小鐘井市《こかねいし》の駅を出立した二時間後にはもうネズミーランドに到着してる。

「わ〜〜〜〜〜〜い、ネズミーランドだ」

毎度のことながら、ゆうなは手放しで喜んでた。

その後ろで、マモルはぶすっとしてた。

何てことない。ゆうなのネズミーランドツアーには毎回参加させられてるから、正直お腹《なか》が一杯なのだ。

ゆうなと同じく年間パスポートを持ってるのが、ちょっと情けないとこだ。

「お前も本当飽きないよな。いっそネズミーランドに引っ越して来たらど〜〜だ」

マモルは精一杯の皮肉を込めて言ってやったけど……。

「だったらあたし、熊のプーやんの森に家を建てるよ。えっとね、ログハウス風でね」

真剣に考え出しちゃうから、ど〜〜しよ〜〜もなかった。

皮肉が通じるような奴《やつ》じゃなかったな。

マモルはため息一つ吐き出した。

いっそここでゆうなと別れて自分は入り口のベンチで昼寝でもしてよ〜かと思ったけど、

さすがにそれはダメだなと首を振った。

ゆうなを守る。そのために存在している身の上だ。

ゆうなが行くのであれば、どこへだってついて行かなくちゃいけない。

そこがたとえ熱風の吹きつける砂漠だろうが極寒の大地であろうが、ビッグカミナリマウンテンであろうがホーンデットアパートであろうがスペースチョモランマであろうがザッツアスモールランドであろうが、ついて行って守らなければならない。それが掟《おきて》なのだ。

飽きただのもうたくさんだのと言った些細《ささい》なマモルの感情なんて、この掟の前には全く意味がないのだ。

「えっとスペシャルパレードは夕方からだから、それまではいつもみたいにぐるっと回ろっと。えっと、まずはどこから行こっかな」

地図を見てう〜〜〜〜〜〜んって考え込むゆうな。

「よ〜〜〜〜し、今日は意表をついてスペースチョモランマから行っちゃおっと。いいかな？　まも君」

「も〜〜〜〜〜勝手にしてくれよ」

マモルはてきとーに手を振った。何てことない。運命だと思って諦《あきら》めたのだ。

「よ〜〜〜〜〜し、それじゃレッツゴー——！」

第何回目か数えるのもイヤになったネズミーランドツアーが、参加者たった二名のもと始まった。

アヒルの着ぐるみが歩いていた。

ネズミーランドのマスコットキャラの一つ、ドナルゾダックだ。

とっても短気で、怒ると怒鳴り散らすっていうとってもユニークなキャラクターだ。

その隣には、でっかな熊がいた。同じく人気者、熊のプーやんだ。

大阪生れの大阪育ち。お好み焼きにハチミツをかけて食べるっていう黄色い熊さんだ。

ネズミーランドにはすっかりお馴染《なじ》みの二匹だ。

皆、笑顔で二匹に手を振ってた。


『今日も誰《だれ》も気がついてないようだな』

得意気に、ドナルゾが言った。

『苦労して手に入れたドナルゾとプーやんのぬいぐるみだ。こいつさえ着てれば仕事のし放題って訳だ』

「ドナルゾ！」

ぱたぱた子供が駆け寄って来た。

ドナルゾはよしよしってした。

笑顔でやって来る大人にだっておどけた仕種《しぐさ》をしてハグハグする。

親子連れが去った後、ドナルゾは右手を開いて見せた。

『ちょろいもんだぜ』

サイフが握られていた。

何てことない。このドナルゾとプーやんはニセモノなのだ。そのお腹《なか》の中は質《たち》の悪いスリなのだ。

『まさかドナルゾが財布をギろうなんて誰も思いもしないからな。ちょろいもんさ』

『しかし、兄貴。いくら何でもこう毎日じゃ』

『わ〰〰ってるよ。客はともかくネズミーランドの連中はそろそろオレ様達のことに気がつき始めてるだろうからな。今日辺りが仕事納めだ』

『へい』

『最後にがっぽりと稼ぐぜ。いいな』

『了解っす！』

3

「やっぱり楽しいよね。スペースチョモランマ。あたし今日もきゃーきゃー言っちゃったよ」

ほくほく顔で、ゆうなは銀色のドーム形のアトラクションを出て来た。

その後ろを歩くマモルは、もちろんほくほく顔なんかじゃない。うんざり顔だ。

僕、これで何回目だろ。あれに乗ったの。

指折り数えた。だけど両手を使っても数え切れないって分かった時点で数えるのを止《や》めた。気分がめいってしまう。

「あ〰〰〰〰、あっちでチュロス売ってる！　イチゴチュロスだ。ちょっと待っててね。買って来るから〰〰〰」

それだけ言うと、ゆうなはぱたぱた駆けていった。

イチゴチュロスの屋台の列にちょこんとくっつく。

チュロスってのは、ぱりぱりっとした触感のお菓子だ。一言で言うなら長細いドーナッって言ったとこだ。

普通のチュロスなら、ネズミーランドのどこでも売ってるけど、イチゴ味はちょっとしたレア物だ。限られた屋台でしか売ってないのだ。

必然的に列だって長くなる。

マモルなんか、その列を見ただけでうんざりするのだけれど、ゆうなは平気なよーだ。

その先にイチゴチュロスがあるならば、あたしは一万年だって待てる。

そんな気迫がなんか漂《ただよ》ってた。

ある意味では立派だ。

だけど残りの意味ではバカかもしんない。

「やれやれ」

近くのベンチに腰を下ろして、マモルは大きく息を吐き出した。

ぼんやりと列の中のゆうなを見つめる、並んでる女の子達の中でも、可愛《かわい》い方だ。

桃色のお出かけ服がみょ〜〜〜に似合ってた。

つき合い長いマモルだから知ってるけど、ゆうなはファッションにはちっともこだわらない質《たち》だ。

それでも、ダサダサにならないのは、何着てもそれなりに似合ってしまうっていうゆうなの特技と、あと、服を買う母親の力だろう。

朝起きてタンスを開けるの。そこに入ってるのを着て来るの。どれを着ようかなんて悩まないよ。そんなの悩んでる時間があったらゆっくり朝ごはんを食べるもん。ゆっくり食べれば消化もいいからお通じだってよくなるし。あたしってこ〜〜〜見えても便秘なんかしたことないんだよ。

なんてこと言ってる女の子なのだ。

「やっぱ変わってるよな。あいつ」

マモルがそう呟《つぶや》いた後のことだった。

何気なく動かした瞳《ひとみ》が、ドナルゾとプーやんってコンビをうつした。

家族連れに囲まれて一緒に写真を撮ったりとサービスを振りまいてた。

「サービス業も大変だーな」

と、マモルの表情が少しだけ強《こわ》ばった。

鍛え抜かれたマモルの動体視力が、その瞬間を捕えたのだ。

ドナルゾの手が素早く動き、ママさんのバッグの中から財布をつかみ出すその瞬間を。

一家はそんなことにはちっとも気がつかないで、去ってくドナルゾとプーやんに手を振ってる。

「最近はいろんなこと考えるスリがいるんだな」

人事のようにマモルは呟《つぶや》いた。

これからスリを追いかけて財布を取り戻そうなんて気になんかならなかった。

しつこいようだけど、マモルは正義の忍者って訳じゃない。

隣の紺若《こんにゃく》ゆうなを守る。そのためだけに存在する忍者なのだ。

他《ほか》の奴《やつ》のことは知ったこっちゃないのだ。

「ま、ゆーなの財布が取られたってなら別なんだろ〰〰けど」

小声で呟くマモルの目の前に、突然にゅってゆうなが姿を現わした。

イチゴチュロスまだ買えてないはずなのに、ど〰〰〰して?

疑問に思うマモルに、ゆうなは泣きそうな顔して言った。

「お財布がないの」

マモルは思わず絶句した。

とてつもなくいやな予感がビーコンビーコン騒いでた。

「ゆーな。一つだけ聞くが」

ハブの入った袋に手を突っこむよ〜に、恐る恐る尋ねた。

「ネズミーランドに来てから、ドナルゾとプーやんのコンビに会わなかったか？」

「会ったよ。さっきまも君がトイレに行ってる時に。握手してもらっちゃったよ。ハグハグもしてもらっちゃった」

その時のことを思い浮かべ、ゆうなはうふふって笑った。

マモルは思わず天を仰《あお》いだ。

神様に文句を言いたかったのだ。

だけど、文句を言ったって始まらないってことは分かりすぎるくらい分かってたから、静かにため息を吐き出した。

「ほら、とりあえずこれでチュロスを買って来なよ」

千円札をゆうなに渡す。

「僕は、ゆーなの財布探して来るからさ」

「でも……」

「ちょっとした心当たりがあるんだ」

そう告げると、マモルはゆっくりとその場を後にした。

「まったくも〜〜〜、せっかくの休《や》みだってのにど〜〜〜〜して」

神様に文句を言うのは止めたけど、愚痴《ぐち》だけはとめどなく出た。

ドナルゾとプーやんはシャンデリア城広場にて犯行を繰り広げてた。

そんな様子を、シャンデリア城の上から見つめる奴《やつ》がいた。

忍《しのび》装束の忍者。言うまでもなくマモルだ。

「はてさて、ど～～～したもんだろ～～～か」

マモルは悩んでた。

ドナルゾとプーやんに襲いかかって適当に痛めつけた後、ゆうなの財布を回収し逃亡。やって出来ないことはない。むしろ楽だ。

だけど、問題はある。

アロットオブな目撃者達の存在だ。

突然忍者が現れて、ドナルゾとプーやんをぼこぼこにしたらそりゃあ大騒ぎになるだろう。

マモルは思わず呪《のろ》った。

ど～～～してここが日光江戸村《にっこうえどむら》か太秦映画村《うずまさえいがむら》じゃないかってことにだ。

もし日光江戸村や太秦映画村だったら、忍者が飛び出してったってショーだなってことで皆納得してくれるだろうに。

「ま、騒ぎにはなるだろうけど仕方ないか。顔がばれなきゃいい訳だし。ちゃっちゃと終わらせて帰ろう」

口元の覆面を引っ張り上げ、二匹に襲いかかろうとするマモル。

だけど、その足が止《と》まった。

シャンデリア城の陰に集まってる着ぐるみの集団に気がついたのだ。

耳の大きな象さんとか、しましまの虎《とら》さんとか、へたれた犬さんとか、七人の小人さんとかだ。ネズミーランドのマスコットの方々だ。

「何だ？　あの連中は」

マモルは、ちょっとした好奇心を覚えた。

『あの二人が最近この神聖なネズミーランドでスリ行為を働いてるとんでもない連中だ。今日こそ捕まえる。いいな！』

しましま虎の言葉に、皆様こっくりと頷《うなず》いた。構造上頷けない奴《やつ》もいたけれど根性ででっかな頭を小刻みに動かした。

『だが、我々は夢を売るのが仕事。人気キャラクターであるドナルゾとプーやんを普通に押さえつけ捕まえたら子供達が泣き出してしまう。そこでだ、これも一つのショーにしてしまうのだ』

皆様こっくりと頷いた。

『ナレーションの準備は？』

『大丈夫です。すでにスタンバってます』

耳の大きな象さんが大きく鼻を縦に動かした。

『よし、行くぞ‼』

しましま虎の合図で、着ぐるみ連合がだ～～～～～～～～って飛び出した。そしてドナルゾとプーさんを取り囲んだ。

何事かと客が目をぱちくりさせる中、タイミングよくナレーションが入った。

『平和なネズミーランド。しかしそんなネズミーランドを支配してしまおうと悪の魔王、ワルモンダーが現れる。ワルモンダーはネズミーランドの住人そっくりのワルワルモンスターをネズミーランドに送り込んだ。ネズミーランド始まって以来の大ピンチ。しかし、険しい冒険のすえワルワルモンスターを見分けることの出来る伝説のルーペを手に入れたネズミーランドの住人達は、ついにドナルゾとプーやんに化けたワルワルモンスターに勝負を挑むのであった』

ナレーションに乗っかって、着ぐるみ達がわめきたてた。

『観念しろ！　ワルワルモンスターめ！』

『この伝説のルーペには、お前らの正体がくっきり写っているぞ！』

職員達の迫真の演技に、お客さん達は納得した。面白そうなショーが始まったとがやがや集まってくる。

『兄貴、ど～～ゆ～～～～ことっすか？』

『ショーに見せかけてオレらを倒してしまおうってことさ。客の目があるからおおっぴらに取り押さえる訳にはいかんのだろ？　ご苦労なことだ』

ドナルゾがふふんって笑い声を漏らした。

『よ〰〰し、やっちまえ。こんな時の為《ため》にお前を連れて来てるんだ』

『分かった……』

熊のプーやんが一歩歩み出た。

そして、無造作に拳《こぶし》を前に突き出した。

一人の小人が軽く吹っ飛ばされた。

プーやんはその場でシャドーボクシングを始めた。どうやらかなりの腕前のよーだ。

『全員でかかれぇ!!』

『うおぉ〰〰〰〰〰〰!!』

ネズミーランドの住人達が二匹に向かって突っ込んでいく。だけど皆してどんどこぶっ飛ばされていく。

ネズミーランドの住人達が全滅するまでに、数秒はいらなかった。

「あ〰〰〰〰〰〰ん」

子供が泣き出した。

「ワルワルモンスターにやられちゃったよ〰〰〰〰」

涙の連鎖だ。子供達が次から次へと泣き出していく。うるさいことこの上なしだ。

「ミッチー助けて!」

誰《だれ》かが叫んだ。ミッチーってのはこのネズミーランドメインキャラクターのミッチーマウスのことだ。
次々と子供達がその名前を口にする。
そんな中だった。
「あ！　ミッチーだ！」
子供の一人が高い所を指さした。皆そろってそちらに目を向ける。
シャンデリア城の高い所に、ミッチーが立っていた。
でっかな二つの耳、ちょこんと突き出た鼻、その頭は間違いなくミッチーだった。
だけど、体はちょっといつもと違ってた。
『おい』
ドナルゾは実に素朴な疑問を口にした。
『ど～～～～してミッチーがあんな格好してんだ？』
ミッチーは何故《なぜ》かスリムだった。
そして何故か忍者の格好をしてた。
だけど、気にする客はいなかった。
どんな格好してたって、ミッチーはミッチーだからだ。
「ミッチー！　ワルワルモンスターを倒して！」
子供達の声援を受けて、ミッチーはしゅばっと宙に飛び立った。

4

長い長い戦いが終わった。

ゆうなの手に、二本のチュロスが渡された。

思い起こせば並び始めてから約20分。退屈にも耐え、膝《ひざ》の皿にたまる乳酸にも耐えて、ついにイチゴチュロスをゲットしたのだ。

「わたし、がんばったもんね」

ちょっとだけ感慨深く目頭を押さえてから、ゆうなはスキップしてベンチの所へとやって来る。

「はい、まも君」

ベンチに座ってるマモルにイチゴチュロスを渡し、その隣にちょこんと腰を下ろす。

そして、チュロスをカリってかじった。

「う〜〜〜〜〜ん、やっぱおいしいな。イチゴ味」

世界で一番幸せって顔つきのゆうなに、マモルは言いにくそうに告げた。

「なぁ、ゆーな。財布のことなんだけど。心当たりんとこになくてな。それで……」

「あ！　いけない！」

ゆうなはポケットに手を突っ込むと、四つにたたんだ千円札を引っ張り出した。

そして、それをマモルに突き出した。

「はい、まも君。借りてた千円返すね」

「え？」

マモルはキョトンとした。

「このチュロス買ったんだろ。まさか泥棒」

「も〰〰〰そんなことある訳ないじゃん」

ゆうなはけらけら笑ってから、恐ろしい真相を口にした。

「お財布あったの」

「は？」

マモルの頭の天辺《てっぺん》から、大きな大きなヒマワリの花が咲いた。

「ポケットの中に入ってたの。パインアイス買った時に思わず突っ込んじゃったのね。あはは」

かる〰〰〰く笑うゆうなだったけど、マモルは笑えなかった。

それじゃ何か、僕はゆうなのしょ〰〰〰もない勘違いのために、暑苦しいもんかぶってがんばったってことなのか？

考えれば考えるほど、やるせない虚脱感とゆ〜か疲労感とゆ〜か、とにかくそ〜いったお疲れ様な感情がこみ上げてくる。

あいにく、リボビタンDは近くになかった。

マモルは、がっくりと肩を落とすと、今世紀最大かもしんないため息を吐き出した。

「さ、チュロス食べたら次はビッグカミナリマウンテンに行こ！」

お気楽極楽なゆうなが立ち上がった。

もちろん、マモルの感じてるこのやるせない気持ちの100万分の1も理解していなかった。

マモルは、今世紀最大かもしんないため息をもう一度ついた。

そして、ヤケクソのようにチュロスを口に押し込んだ。

イチゴチュロスは、ほんのり甘酸っぱい大人の味がした。

5

そして、一週間後の土曜日の朝。

「マモル〰〰〰、ゆうなちゃんよ」

桜子《さくらこ》母さんの声で、マモルは目を覚ました。

時計は八時半をさしてる。休日のお目覚め時間としちゃまだちょっと早い時刻だ。

「何だってんだよ」

むっくりと起き上がってふわ〰〰〰って欠伸《あくび》する。

と、マモルの部屋の扉が開かれた。

入って来たのはゆうなだった。

しっかりとおでかけ武装されてるとこに、何か不安をかきたてられた。

「まも君！」

ゆうなは熱い瞳《ひとみ》で言った。

「ネズミーランドに行こ！」

「あ〰〰〰の〰〰〰な〰〰〰」

マモルはこめかみの鈍痛を我慢しながら言った。

「先週行って全部回って来たばっかだろ？　パレードだって見たろ。何でまた」

「すっごいショーが見れるかもしんないんだよ」

「すっごいショーだって？」

「そう、見てよこれ」

ゆうなが開いて突き出した週刊誌を、マモルは受け取った。

そして、眠気をぶっ飛ばした。

でかでかとカラー写真で載ってたのは、忍者服を着たミッチーマウスだったからだ。

「先週の土曜日、あたし達が行った日にこの特別ショーをやってたんだって。これはその時たまたまその場にいたお客さんが撮ってた写真なの」

早口に、ゆうなが説明した。

「きっとネズミーランドが特別に企画したゲリラショーなんじゃないかって、もうネズミーファンの間で大騒ぎなんだよ」

力強くゆうなは続けた。

「ネズミーファンとしては見逃せないもん。今日またそのゲリラショーが行われるって噂《うわさ》を聞いたの。だから行こ！」

「…………噂だろ？　やんなかったらどうするんだよ」

「そんなの決まってるよ」

ゆうなはきっぱりと言った。

「忍者ミッチーが見れるまで毎週通うの！」

マモルは思わず天井を見上げた。

今回ばかしは神様に助けを求めた。

だけど、予想はしてたけど神様はなんにもしてくれなかった。

マモルはやれやれって息を吐き出した。

「まぁ、まも君にも都合があるだろうから今日はムリだって言うなら仕方ないけどさ」

「行くよ」

投げやりにマモルは言った。

「本当？」

「ああ、行くって。行くしかないんだから」

「えへへへ」

ゆうなは心の底から嬉《うれ》しそうに笑った。

「やっぱり、まも君もネズミーファンなんだね」

マモルは思った。

もし目の前にちゃぶ台があったら、自分は全力でそいつをひっくり返すんだろうなって。

だけど残念ながらちゃぶ台はなかった。

だから、マモルは枕《まくら》をひっくり返した。

わざわざ言うまでもないけど、気分はちっとも晴れなかった。

「見れるといいね。忍者ミッチー」

わくわく顔のゆうなに、マモルはうつろな瞳《ひとみ》を向けた。

そして言った。

「多分見れると思うぞ」


事実、その日忍者ミッチーは再度現れた。

次回登場の予定は、まだない。

おわり

あとがき

僕の実家はこんにゃく屋だった。

もっとも、僕の生まれるずっと前の話だ。ひいじいさんの代だったらしい。

だけど、こんにゃくの作り方だけは一族に受け継がれてる。

まずこんにゃく芋をジューサーにかけてどろどろにして、それを鍋に入れてぐつぐつ煮る。そーすると糊《のり》みたいになる。水をとりかえて何度か煮る。それを冷ますとこんにゃくになる。(他《ほか》にも謎《なぞ》っぽい粉を入れたりしゃもじでぺちゃぺちゃやったりといろいろやんなくちゃいけないんだけど、まあだいたいこんなとこだ)

我が家で作るこんにゃくは、味がしみるって近所でも評判だ。

何か秘伝でもあるのかな?

小さな頃《ころ》、僕は考えた。

それとも、こんにゃく作りの才能が、一族の血に秘められているのかな?

あんまり嬉《うれ》しくない才能だなって幼い僕は思った。

そんな思い出と、趣味の忍者と、お気に入りのブルテリアを合体させたらこんな形になりました。

まあ、そんな真面目な話じゃないんで気楽に読んでいただけると幸いです。

ゆうなってバカだよねって思っていただければ嬉しいことこの上なしです。

でわでわ、また次がありましたらそこで。

阿智太郎

追伸

その1、MFさんでは初めてのお仕事となります。初めましての方、お馴染《なじ》みの方、暖かい目で見てやってくださいまし。

その2、しかしま〰〰〰、ゆうなってバカだな。

その3、まだらさん。素敵な絵をありがとうございます。

その4、しかし、ゆうなってバカだ。

MF文庫J

ファンレター、作品のご感想をお待ちしています

あて先

〒150-0002
東京都渋谷区渋谷3-3-5
モリモビル
メディアファクトリー　MF文庫J編集部気付

「阿智太郎先生」係
「まだらさい先生」係

http://www.mediafactory.co.jp/

陰からマモル!

発行　2003年7月31日
（初版第一刷発行）

著者　阿智太郎

発行人　三坂泰二

発行所　株式会社
メディアファクトリー
〒104-0061
東京都中央区銀座8-4-17
電話　0570-002-001
03-5469-3460（編集）

印刷・製本　株式会社廣済堂

ISBN 4-8401-0838-2 C0193

MF文庫J